DÉFIS ZÉRO GASPI

Édition : Catherine Bédard
Design graphique : François Daxhelet
Traitement des images : Johanne Lemay
Révision : Brigitte Lépine
Correction : Odile Dallaserra et Jocelyne Cormier
Photographie : Josiane de la Sablonnière et Ariel Tarr
Photo de la page 149 : Kaciane Monchamp
Illustrations : François Daxhelet
Maquillage et coiffure : Marie-Lou Provençal
Accessoires : Sylvain Riel
Adjointe aux communications de Florence-Léa Siry et assistante styliste culinaire : Elodie Létourneau-Venne
Textes des pages 58, 86 et 130 : Édith Ouellet, nutritionniste en alimentation locale

Catalogage avant publication de Bibliothèque et Archives nationales du Québec et Bibliothèque et Archives Canada
Titre : Défis zéro gaspi / Florence-Léa Siry.
Noms : Siry, Florence-Léa, auteur.
Identifiants: Canadiana (livre imprimé) 20210061561 | Canadiana (livre numérique) 2021006157X | ISBN 9782761958233 | ISBN 9782761958240 (livre numérique)
Vedettes-matière : RVM : Cuisine. | RVM : Zéro déchet. | RVM : Gaspillage alimentaire. | RVM : Style de vie durable. | RVMGF : Livres de cuisine.
Classification: LCC TX714.S57 2021 | CDD 641.5—dc23

Suivez-moi sur Facebook et Twitter @chicfrigosansfric.
Visitez mon blogue au chicfrigosansfric.com

10-21

Imprimé au Canada

Dépôt légal : 2021
Bibliothèque et Archives nationales du Québec

ISBN (version papier) 978-2-7619-5823-3
ISBN (version numérique) 978-2-7619-5824-0

DISTRIBUTEURS EXCLUSIFS :

Pour le Canada et les États-Unis :
MESSAGERIES ADP inc.*
Téléphone : 450-640-1237
Internet : www.messageries-adp.com
* filiale du Groupe Sogides inc.,
filiale de Québecor Média inc.

Pour la France et les autres pays :
INTERFORUM editis
Téléphone : 33 (0) 1 49 59 11 56/91
Service commandes France Métropolitaine
Téléphone : 33 (0) 2 38 32 71 00
Internet : www.interforum.fr
Service commandes Export – DOM-TOM
Internet : www.interforum.fr
Courriel : cdes-export@interforum.fr

Pour la Suisse :
INTERFORUM editis SUISSE
Téléphone : 41 (0) 26 460 80 60
Internet : www.interforumsuisse.ch
Courriel : office@interforumsuisse.ch
Distributeur : OLF S.A.
Commandes :
Téléphone : 41 (0) 26 467 53 33
Internet : www.olf.ch
Courriel : information@olf.ch

Pour la Belgique et le Luxembourg :
INTERFORUM BENELUX S.A.
Téléphone : 32 (0) 10 42 03 20
Internet : www.interforum.be
Courriel : info@interforum.be

Gouvernement du Québec – Programme de crédit d'impôt pour l'édition de livres – Gestion SODEC – www.sodec.gouv.qc.ca

L'Éditeur bénéficie du soutien de la Société de développement des entreprises culturelles du Québec pour son programme d'édition.

Conseil des arts du Canada | Canada Council for the Arts

Nous remercions le Conseil des arts du Canada de l'aide accordée à notre programme de publication.

Financé par le gouvernement du Canada | Funded by the Government of Canada | Canada

Nous reconnaissons l'aide financière du gouvernement du Canada par l'entremise du Fonds du livre du Canada pour nos activités d'édition.

FLORENCE-LÉA SIRY

DÉFIS ZÉRO GASPI

Techniques et canevas pour réduire le gaspillage alimentaire

LES ÉDITIONS DE L'HOMME

TABLE DES MATIÈRES

MOT DE L'AUTRICE

Bienvenue dans l'univers du zéro gaspi ! Je suis Florence-Léa Siry, experte de la lutte au gaspillage alimentaire. Enchantée.

Il y a à peine une décennie, vous m'auriez dit que je consacrerais ma vie à cette belle cause que je ne vous aurais jamais cru ! La vie nous réserve parfois de belles surprises. Pourtant, rien ne me fait sentir plus vivante que mon mode de vie zéro gaspi. Je suis habitée d'une mission qui m'a choisie.

Alors me voici aujourd'hui à vous présenter mon cinquième livre sur le sujet. Jamais je n'aurais pensé avoir autant de contenu à partager avec vous. Lorsque j'ai fondé mon entreprise, le terme « zéro gaspillage » n'existait même pas. Je disais que je faisais de l'économie familiale… Il y a cinq ans encore, on me dévisageait lorsque je mentionnais que ça concernait tout le monde… Mais je suis restée patiente et j'y ai cru. Et aujourd'hui, le gaspillage alimentaire est devenu LE sujet dont tout le monde parle. Il suscite beaucoup de questions et les abonnés de ma communauté zéro gaspi m'écrivent quotidiennement pour me demander comment cuisiner tel aliment, comment conserver tel ingrédient, et pour savoir si leurs surplus sont encore comestibles.

La montée en popularité du mouvement zéro déchet a mis en lumière les aberrations du gaspillage. Les consciences se sont éveillées et tout le monde se sent maintenant concerné. Oui, on fait partie du problème, mais sachez qu'on fait aussi partie de la solution. Je le crois sincèrement. Alors, comment arriver à modifier ses habitudes de consommation sans bouleverser son quotidien ?

LA CUISINE ZÉRO GASPI EST UN MODE DE VIE

Dans mes premiers livres, je vous ai présenté le concept des « 1, 2, 3 vies ». L'idée est de chercher à anticiper les surplus et à retransformer les restes en plats complètement différents. Pour moi, la cuisine zéro gaspi, c'est l'occasion d'améliorer ses repas en réduisant le temps de préparation… et en faisant moins la vaisselle ! En cuisinant ainsi, je ne pars jamais de zéro, j'apprends à rebondir et à bonifier ce que j'ai sous la main. Toutefois, ce n'est pas ce dont je vais vous parler dans ce livre !

J'ai plutôt envie qu'on revoie ensemble nos habitudes pour les adapter à la sauce zéro gaspi… Le quart des questions qu'on me pose sont sur « l'anatomie » de la cuisine. Entre le comptoir, le frigo, le garde-manger et le congélateur, on se perd. Ensemble, on va réévaluer cette pièce maîtresse de la maison et oser la réorganiser. L'idée est de décortiquer les trucs et les astuces pour comprendre la pertinence d'un changement. Si on prend le temps de bien établir les bases d'un mode de vie zéro gaspi, les petits gestes deviendront des réflexes.

En effet, la cuisine zéro gaspi n'est pas qu'une tendance culinaire : c'est un mode de vie. Avec ce livre, je souhaite vous donner toutes les clés pour que vous puissiez développer votre nouvelle vie zéro gaspi en accord avec vos valeurs et vos goûts.

Vous voulez connaître un de mes trucs ? Je cuisine toujours la même chose ! Pour vrai ! Si les gens sont souvent admiratifs face à ma créativité, c'est qu'ils n'ont pas démasqué ma stratégie : je maîtrise très bien une trentaine de canevas de recettes que je modifie en fonction du contenu de mon frigo. Et si je manque mon coup et que le résultat est à des années-lumière de mes attentes ? Je goûte, j'analyse un peu et j'ajuste mon plat !

Vous l'aurez compris, le succès de la cuisine zéro gaspi n'est pas sorcier. Tout est une question d'organisation et de canevas. C'est d'ailleurs ce que j'ai voulu démontrer en janvier 2021, lors de la première édition de mon défi vide-frigo. Oh là là ! Jamais je ne me serais attendue à un tel engouement ! Le nombre de mes abonnés sur les réseaux sociaux a explosé, tout comme l'intérêt pour mes trucs et mes astuces. Mes publications ont été lues près d'un million de fois et j'ai reçu des centaines de messages privés, sans compter les milliers de commentaires laissés sous mes publications.

L'idée de ce livre s'est concrétisée le soir où j'ai animé un vide-frigo *live*. Plus de 1200 commentaires m'ont fait réaliser que je devais prendre le temps de bien répondre aux questions, sans me précipiter. J'ai répertorié toutes les questions qui demandaient un peu plus d'explications et les ai réunies dans ce livre. C'est donc avec beaucoup de fierté que je vous présente ce guide pratique qui, je l'espère, saura répondre à toutes vos interrogations. Vous y trouverez des méthodes pour mieux organiser votre cuisine en mode zéro gaspi.

COMMENT UTILISER CE LIVRE ?

Ce livre recense donc les principales questions qui m'ont été posées depuis le début de mon blogue, mais surtout pendant ce défi vide-frigo. Vous y trouverez peut-être un extrait d'un message que vous m'avez envoyé.

J'ai décidé de mettre en lumière les quatre zones de conservation de la cuisine: comptoir, frigo, garde-manger et congélateur. Pour chaque zone, vous allez **évaluer** vos habitudes, **organiser** la cuisine pour faciliter les pratiques dites zéro gaspi et, finalement, **inventer** des recettes avec les ingrédients que vous avez sous la main.

ÉVALUER

Ici, vous analyserez avant d'agir. C'est important d'évaluer vos besoins et de vous questionner sur l'efficacité de vos choix, qui vous amèneront à prévoir de meilleures habitudes de consommation.

ORGANISER

Dans cette section, vous allez vous organiser pour alléger votre charge mentale et vous motiver à cuisiner les aliments volontairement ignorés. Vous y arriverez grâce à de petits gestes qui auront de grands impacts, comme ranger efficacement, apprendre à faire un inventaire, découvrir une foule d'astuces logiques, etc.

INVENTER

C'est en découvrant mes canevas de recettes que vous apprendrez à inventer vos meilleurs repas. Dans cette section, j'ajouterai parfois une rafale d'idées pour vous aider à stimuler votre créativité et transformer les surplus. C'est là que je vous présenterai des combinaisons d'ingrédients pour vous inspirer.

J'ajouterai également une courte rubrique qui s'intitule « De rien ! ». C'est là que je vous présenterai les combinaisons pas-gagnantes-du-tout que j'ai testées et qui se sont retrouvées dans le compost. Lors du défi vide-frigo, j'avais partagé avec vous quelques « échecs » (ou devrais-je plutôt dire « grands apprentissages » Haha !) et vous aviez apprécié ces publications, alors je reprends le concept ici. Donc plutôt que de vous laisser faire l'erreur comme moi, j'aime mieux vous prévenir. De rien !

LES CANEVAS DE RECETTES

Je dois vous avouer quelque chose: je suis incapable de suivre une recette. D'abord, parce que j'ai rarement tous les ingrédients nécessaires, mais surtout, parce que je ne peux m'empêcher d'ajouter ma touche personnelle, en fonction de mes goûts ! Il me semble que ça serait encore meilleur si j'ajoutais ceci ou cela…

Le concept des canevas s'est développé quand j'étais cantinière sur des plateaux de tournage. À la tête d'une entreprise de cantine et traiteur ambulant, je faisais face à d'importants enjeux. Le temps et les moyens me manquaient cruellement pour créer des recettes originales et goûteuses. J'avais l'option d'acheter le prêt-à-manger des grandes surfaces, mais mon plaisir était de cuisiner. J'ai donc décidé de revoir ma façon de le faire pour gagner en efficacité et, surtout, réduire les risques de manquer une recette. Les canevas ont été ma solution !

J'ai donc travaillé à en élaborer pour mes recettes les plus populaires. L'idée était de substituer les ingrédients principaux sans mettre en péril la texture ou l'équilibre des goûts. Remplacer le riz par du quinoa, les betteraves par des patates douces, l'aneth par du feuillage de céleri est devenu un jeu, j'oserai même dire une seconde nature. Depuis, je réussis à multiplier les recettes à l'infini, avec un seul et même canevas.

Les artistes et techniciens des plateaux de tournage me félicitaient toujours de ne jamais cuisiner la même chose… Pouhahahaha ! La vérité, c'est que tous les mardis matin ils se régalaient d'une salade de féculents et qu'en après-midi, ils mangeaient systématiquement un braisé. Entre deux prises, les surplus du matin avaient appris à jouer un nouveau rôle.

Je vous propose dans ce livre mes 31 canevas favoris pour liquider les aliments qui s'accumulent. Ils vous permettront de créer des repas gourmands et rapides à réaliser avec ce que vous avez sous la main. Aussi bien dire 31 occasions de relever haut la main ce petit défi quotidien qui consiste à mettre un repas sur la table ! En un mois ou 31 jours, vous aurez suffisamment de canevas pour adopter la cuisine zéro gaspi.

LES DÉFIS ZÉRO GASPI

Qui dit qu'on ne peut pas aller un peu plus loin et se lancer des petits défis supplémentaires chaque mois ? C'est ce que je vous propose au fil des pages, pour développer encore plus de réflexes zéro gaspi. Vous y découvrirez donc 12 autres défis à ajouter à vos nouvelles habitudes, à raison d'un par mois.

J'ai utilisé la formule « défi », car c'est à mon avis la meilleure façon d'apprendre dans le plaisir, sans se mettre de pression. La notion de jeu rendra vos changements d'habitudes plus festifs et vos recettes plus stimulantes à préparer.

Je me suis moi-même mise au défi lors de l'élaboration des recettes du livre. J'avais envie de tester la formule pour m'amuser. J'ai eu la chance de cuisiner avec des aliments offerts par Marché SecondLife (je vous présente l'entreprise à la page 17). Ce marché en ligne vend des aliments qui auraient autrement été gaspillés. Je ne savais pas quels ingrédients me seraient offerts, donc j'ai pu tester au maximum la faisabilité de mes canevas ! Je l'avoue, ce ne sont pas tous mes tests qui ont fonctionné… Mais rien n'a été gaspillé ! L'infructueux chutney au maïs est devenu une incroyable tortilla de maïs, tout comme la friable galette touski cuisinée avec trop de farine de noix de coco a été transformée en croustillant de croustade sucrée (j'en rêve encore !). C'est ce que j'aime du zéro gaspi ! Ce n'est pas moi qui décide ce que je vais manger, mais mon frigo qui me dicte quoi cuisiner. Et je suis rarement déçue !

À VOUS DE JOUER !

Alors voilà ! Vous voici maintenant prêt à vous familiariser avec l'univers du zéro gaspi. Vous en ressortirez grandi. Votre confiance en vous augmentera au fur et à mesure que vous reprendrez le contrôle de votre cuisine.

Armez-vous de patience, soyez indulgent avec vous-même et n'ayez pas peur de faire des erreurs. C'est ainsi que vous apprendrez et que vous deviendrez à votre tour un ambassadeur de cette grande cause. Je vous lance le défi de le faire pour vous, mais aussi pour les générations futures. La cuisine zéro gaspi est un mode de vie et le plus beau legs que nous puissions laisser à nos enfants.

Vous allez voir, ensemble, on s'apprête à réaliser de grandes choses.

Florence-Léa

Chapitre 1

LE COMPTOIR

Le concept de la cuisine zéro gaspi est de consommer la nourriture avant de la jeter. Mais comment y arriver quand elle passe sous notre radar ? On commence notre aventure zéro gaspi avec une première activité toute simple. Rendez-vous dans votre cuisine et regardez autour de vous. Où se cachent vos aliments ? Ils sont probablement enfermés dans une armoire réfrigérée ou un placard surchargé… l'ensemble des meilleurs endroits pour la conservation des aliments, n'est-ce pas ? Eh bien, non ! Vous ne soupçonnez pas l'immense pouvoir de votre comptoir ! Il est devenu mon meilleur allié. L'emblème visible, en quelque sorte, de mon mode de vie zéro gaspi. Vous vous apprêtez à revoir vos habitudes de conservation qui vous permettront de réduire votre gaspillage alimentaire de plus de la moitié. Grâce au comptoir, vous connaîtrez votre inventaire en un seul coup d'œil et aurez envie de cuisiner bien avant de jeter.

UN PRÉCIEUX AUTODIAGNOSTIC

Avant de réorganiser sa cuisine, on doit repérer ce qui s'y gaspille le plus couramment. Cette étape vous permettra de bien évaluer les points à améliorer, sans partir dans tous les sens. Les experts zéro gaspillage appellent cette étape « l'autodiagnostic ».

Je ne le répéterai jamais assez : la clé pour vaincre le gaspillage alimentaire, c'est de se concentrer sur UN aliment à la fois. Et malheureusement, il n'existe pas de formule magique qui s'applique à tout le monde. Je ne pourrais vous suggérer qu'une seule façon de faire, m'inspirant de mon rythme et en ne sélectionnant que mes aliments favoris. Pourquoi ? Parce que tout le monde fait face à des réalités différentes, mais aussi à des goûts divers. Un célibataire *foodie* aura un tout autre rythme qu'un parent monoparental qui doit composer avec des enfants aux goûts capricieux. J'aurais beau vous dire de commencer par les fraises, si vous n'en mangez pas, je perdrais votre attention.

Alors, on commence par quoi ? Vous devez prendre quelque temps pour analyser votre consommation et recenser les aliments que vous achetez d'une semaine à l'autre… même s'ils aboutissent souvent dans le bac brun. Attention ! Restez indulgent envers vous-même et évitez de tomber dans le jugement. Faire face à ses mauvaises habitudes n'est pas toujours glorieux, mais gardez en tête que l'objectif est de cibler les points à améliorer… Votre autodiagnostic peut se faire dans le plus grand anonymat. Exit la pression de performance, à partir d'ici, réduire son gaspillage alimentaire deviendra un jeu quotidien !

Tout le monde a sa réalité et ses goûts, c'est vrai, mais on gaspille tous plus ou moins la même chose. Grâce à mes réseaux sociaux, j'ai fait une petite étude pas-scientifique-du-tout afin de confirmer mes hypothèses. J'ai listé les dix aliments les plus gaspillés pour mieux vous inspirer (ou vous rassurer). De cette liste, seulement trois seront conservés systématiquement dans mon frigo, le reste sera probablement posé sur mon comptoir. Êtes-vous capable de me dire lesquels et pourquoi ?

PALMARÈS DES ALIMENTS LES PLUS GASPILLÉS

1. Herbes fraîches

2. Petites verdures

3. Crèmes (crème sure, crème à fouetter ou crème à cuisson)

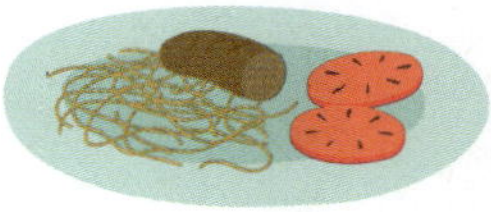

4. Restants de repas

5. Bananes

6. Raisins

7. Concombres

8. Avocats

9. Pommes de terre, entières ou pilées.

10. Céleris

MARCHÉ
Second
Life
pâtes
biologiques
PENNE BIO
ORGANIC PENNE
300G
café
velouté

DÉFI

RÉDUIRE À LA SOURCE

Avant de modifier votre façon de cuisiner, pensez à réduire à la source. Ce sera d'ailleurs votre premier défi ! À mon avis, c'est la meilleure façon de diminuer le gaspillage alimentaire, puisque l'industrie agroalimentaire génère (et gaspille) de nombreux surplus et produits « moches ».

On fait ça comment ? Selon RECYC-QUÉBEC, toute action permettant d'éviter de générer des résidus lors de la fabrication, de la distribution et de l'utilisation d'un produit est un geste de réduction à la source. Vous avez donc un grand pouvoir entre les mains : celui de vous approvisionner autrement.

Deux façons s'offrent à vous :

1. **Visiter les étalages de produits soldés :** ce petit détour aide les épiciers à réduire leur gaspillage. Vous aurez certes à consommer rapidement les aliments que vous y trouverez, mais vous économiserez entre 30 et 50 % du prix régulier. Votre supermarché jette ses surplus, n'ayant pas d'étalage de réduction ? Demandez-en un ! Vous lancerez ainsi le message que vous acceptez les aliments différents. À vous de jouer : sauvez un aliment par semaine et utilisez un des canevas du livre pour le manger rapidement.

2. **Adopter les paniers zéro gaspi :** certaines entreprises récupèrent les moches ou les surplus d'inventaire de l'industrie agroalimentaire pour les proposer au grand public. Depuis un an, je suis une fière consommatrice des paniers Marché SecondLife (second-life.ca). Toutes les semaines, je sélectionne des aliments qui auraient autrement été gaspillés. Je suis stupéfaite de la qualité à tout coup ! Chaque fois que je passe une commande, je sais combien j'ai sauvé en kilos de nourriture, d'eau et de $C0_2$. Et je fais des économies.

Ces petites actions simples à mettre en place permettent également de contrer les préjugés face à la nourriture. Par exemple, on comprend que les moches ont des défauts d'aspect à peine visibles à l'œil : ils sont trop petits, trop gros, difformes ou décolorés. Quand on se met à les consommer, on réalise qu'ils sont laissés de côté pour les mauvaises raisons et qu'ils sont tout aussi délicieux !

REPENSER LA CONSOMMATION

Pour freiner le pilote automatique qui vous amène à gaspiller, vous devrez vous regarder consommer. Quand on fait le geste de jeter un aliment, c'est signe que quelque part dans sa chaîne de consommation, on pourrait améliorer une étape.

LES ÉTAPES DE LA CONSOMMATION :

1. l'achat ;
2. la conservation ;
3. le nettoyage ;
4. la coupe ;
5. la cuisson ;
6. la consommation.

Pour vous aider à y voir plus clair, je consacrerai les prochaines pages à nos comportements de consommation. Ils vous paraîtront ainsi plus faciles à améliorer. Toutefois, ne perdez pas de vue que chaque aliment a ses particularités. Je m'apprête à vous expliquer les concepts, mais il existe une foule de nuances à découvrir par aliment. Soyez curieux !

L'ACHAT

Idéalement, les fruits et les légumes s'achètent frais. Mais qu'arrive-t-il s'ils sont déjà en fin de vie sur l'étalage parce qu'ils sont fatigués d'avoir voyagé des kilomètres en avion, en bateau ou en camion pour aboutir dans le supermarché ? Le gâchis a souvent débuté bien avant qu'on achète l'aliment.

Si vous êtes sur le point de gaspiller un aliment frais, posez-vous ces questions :

- « L'ai-je acheté par habitude, sans me demander si j'allais le manger assez rapidement avant qu'il rende officiellement l'âme ? »
- « L'aliment était-il déjà en fin de vie au moment de le mettre dans mon panier ? »

En d'autres mots, pour améliorer ses habitudes d'achat, on doit se demander si l'aliment qu'on achète est dans des conditions optimales. On le sait tous, un aliment frais qui montre des signes de fin de vie sera ignoré une fois à la maison ! C'est d'ailleurs pour cette raison que je favorise l'achat local et de saison, et que je fais des réserves pour l'année.

Vous avez l'habitude d'acheter congelé pour éviter de gaspiller ? On me pose souvent cette question : « Je me sens mal d'acheter congelé, car l'emballage du sac de congélation, c'est un déchet, non ? » C'est vrai que les sacs d'aliments congelés ne sont pas zéro déchet. Personnellement, j'ai remis en perspective cette vérité sur mon échelle de valeurs. Est-ce plus important pour moi d'éviter un déchet ou le gaspillage ? Ma réponse (qui est possiblement différente de la vôtre) est que je suis plus à l'aise d'acheter congelé que de gaspiller un aliment frais. Je m'assure de donner une deuxième vie aux sacs.

LA CONSERVATION

Si vous avez déjà assisté à mes conférences, vous savez que j'insiste sur la conservation des aliments. À mon avis, plus de 50 % du gaspillage alimentaire pourrait être évité si on apprenait à mieux les conserver. J'ai élaboré quelques trucs qui ont changé ma vie et changeront la vôtre (je l'espère !). Je les ai présentés brièvement dans mon livre *La consommation dont vous êtes le z'héros*, mais je réalise que pour que les changements soient appliqués et durables, ils doivent être expliqués plus longuement.

1. RESPECTER LES BESOINS DE L'ALIMENT

On a l'habitude de systématiquement déposer les aliments frais au frigo, mais ce n'est parfois pas le meilleur réflexe. Le frigo a été inventé pour conserver plus longtemps les aliments sensibles aux écarts de température comme les viandes, les poissons et les produits laitiers. Pour les fruits et les légumes, la plupart se conservent plus longtemps hors frigo, car le choc thermique (10 degrés Celsius et moins) les stresse et leur fait perdre de leur saveur, en plus de provoquer la détérioration prématurée de certains aliments. C'est le moment de faire de la place sur votre comptoir !

Alors ? Comptoir ou frigo ? C'est l'épicier ou le marchand qui vous le dira ! La logique est toute simple : si j'ai acheté l'aliment dans un étalage réfrigéré, il doit systématiquement se retrouver au frigo à la maison pour éviter de briser la chaîne de froid. Donc, suivant cette logique, si j'achète un aliment dans l'étalage non réfrigéré, je peux le conserver sur le comptoir. Cette façon de faire s'applique dix mois par année. En période de canicule, quand vous-même n'endurez plus la chaleur de votre cuisine, les aliments devront être réfrigérés et consommés rapidement. À ce moment, achetez-en moins, mais plus souvent.

Dans cette même logique, la provenance des aliments détermine souvent leur conservation. Prenons l'exemple des asperges. Hors saison, elles sont vendues dans un étalage réfrigéré, et leur durée de vie est toujours assez courte. À l'inverse, en saison, les belles asperges locales sont conservées et vendues hors frigo, dans un bac d'eau qui les maintient hydratées. Vous pourrez ainsi les conserver dans un vase rempli d'un petit centimètre d'eau, sur le comptoir, pendant plusieurs jours, sans aucun signe de détérioration.

2. RETIRER LES EMBALLAGES

Mon deuxième truc de conservation est d'évaluer si les emballages des aliments sont conçus pour leur conservation ou pour un autre usage. Vous remarquerez que la conservation est rarement le but visé.

Avant de condamner les emballages, dites-vous qu'ils ont été utiles quelque part dans la chaîne de production pour limiter le gaspillage. Par exemple, ils ont permis de protéger les aliments durant le transport ou vous ont donné des indications sur le produit à l'épicerie. Mais une fois rendus à la maison, ces emballages sont souvent la pire façon de conserver les aliments, car ils étouffent les aliments et favorisent la condensation.

Pellicules de plastique, barquettes, boîtes de carton... Tous ces emballages devront être envoyés au recyclage ou à la poubelle. Cela dit, n'allez pas trop vite et prenez le temps d'analyser si l'emballage en question a un potentiel de seconde vie. J'avais donné plusieurs idées dans mon livre *La consommation dont vous êtes le z'héros* pour développer vos réflexes créatifs face à un emballage ; je vous invite à vous y référer.

3. ÉVITER LES MOISISSURES ET LES BLESSURES CAUSÉES PAR LE FROID

L'apparence de nos aliments est souvent le déclencheur de nos réflexes de gaspillage. Aussitôt qu'un aliment a mauvaise mine, nous en disposons de peur de tomber malades. L'intention de ce geste est louable, mais nous jugeons souvent trop vite les aliments sans nous demander si nous aurions pu prévenir cette détérioration... En effet, il existe plusieurs astuces pour freiner la création de moisissure et les blessures causées par le froid, mais avant de vous présenter mes trucs, essayons de bien comprendre la différence entre les deux.

La moisissure appartient à la famille des champignons ou des levures. Elle se développe dans l'eau, en contact avec l'air et dans les sols. Elle adore les conditions chaudes et humides et est provoquée par une colonie envahissante de champignons microscopiques. Les spores sont parfois invisibles et se propagent même si la moisissure superficielle est retirée. Un aliment qui est moisi doit donc être jeté en entier, surtout s'il est humide ou liquide. Rassurez-vous, la moisissure n'est pas vraiment toxique, mais certaines personnes qui ont des sensibilités alimentaires peuvent avoir de fortes réactions. Ne prenez pas de risque.

Tout comme les humains, certains fruits et légumes peuvent subir des blessures par le froid. Leur membrane se blesse lorsqu'elle est exposée à moins de 10 degrés Celsius et la chair peut se gorger d'eau, comme les extrémités des concombres qui deviennent molles et peu appétissantes. Il est donc préférable de conserver les fruits exotiques, les courges et les concombres sur le comptoir pour éviter d'accélérer leur détérioration. Une fois mûrs, ils peuvent être gardés quelques jours de plus au frigo.

Dites-vous que les aliments moisis ou blessés par le froid sont irrécupérables, contrairement aux aliments déshydratés. Je préfère ainsi les champignons et les poivrons ratatinés, car l'amidon qui s'y trouve se transforme en sucre ; en outre, ils sont plus rapides à cuisiner. Je fais donc une économie énergétique considérable. Les aliments déshydratés peuvent toujours se réhydrater au contact avec un corps gras, avec un autre aliment humide dans la recette ou dans une sauce.

LE NETTOYAGE

On nettoie souvent trop vite les aliments, ce qui provoque également leur détérioration. On veut bien faire, mais on retire ainsi la couche de protection naturelle et on expose l'aliment aux bactéries. Pensez à ne nettoyer que la quantité que vous vous apprêtez à consommer. Vous éviterez également d'ajouter de l'eau, qui provoquerait un surplus d'humidité.

Retirez les parties fragiles (souvent appelées « déchets alimentaires ») qui prennent toute l'énergie de l'aliment. J'ajouterais aussi de faire une microgestion des aliments au fur et à mesure que vous remarquez des signes de détérioration.

LA COUPE

La cuisine antigaspi prône la préparation, aussi appelée *meal prep*. Si vous consacrez quelques heures le dimanche pour tailler vos aliments et précuire certains grains et protéines, vous n'aurez qu'à assembler, au courant de la semaine. Une économie de temps et d'énergie ! Mais attention ! Certains aliments coupés se dégraderont bien plus rapidement et vous inciteront à gaspiller. Pensons notamment aux melons, qui perdront leur croquant et présenteront des risques de salmonelle. Même chose pour les herbes fraîches qui noirciront ; faites-en plutôt des pestos.

LA CUISSON

Cela vous étonnera peut-être, mais nos choix de cuisson peuvent avoir un impact sur nos habitudes de gaspillage. Si la cuisson peut nous aider à prolonger la durée de vie d'un aliment frais qui montrait des signes de faiblesse, elle peut tout autant nous couper l'envie de manger les surplus… Reprenons l'exemple du chou-fleur qui aurait mauvaise mine. Dans ce cas, il serait judicieux de le cuisiner entièrement. Toutefois, si vous le faites bouillir, les chances que vous en remangiez sont minces. Après quelques jours dans son contenant, il aura une odeur de flatulence et surira. À l'inverse, si vous le faites griller, il se conservera plus longtemps et vous donnera de l'appétit.

LA CONSOMMATION

C'est la dernière étape pour éviter de gaspiller. Mangez ce que vous achetez ! C'est d'ailleurs pour cette raison que je vous aiderai à mieux vous organiser tout au long du livre. La gestion de son inventaire est la clé pour limiter les pertes. En mettant tout sur le comptoir, vous aurez toujours les aliments à la vue et serez bien plus motivé à les manger. Ils ne tomberont plus dans l'oubli, au contraire, ils stimuleront votre créativité. Manger rapidement les aliments permet de s'en tenir à l'essentiel et de ne pas trop en acheter. En d'autres mots, ça vous évitera de tomber dans le vilain cycle du gaspillage alimentaire.

À la fin de ce premier chapitre, je vous présenterai des canevas de base pour liquider rapidement tous ces fruits et légumes flétris qui ne vous donneront plus envie de manger cru. Ces premiers canevas sont de niveau débutant et vous permettront de vous initier tout en douceur aux plaisirs de la cuisine zéro gaspi.

Florence-Léa Siry

DÉFI

DÉJOUER LES HERBES FLÉTRIES

Que faire lorsque les bouquets d'herbes fraîches s'entassent et se fanent sur votre comptoir ? Des pestos, des chimuchuris ou des taboulés ! Voici ma simplissime recette de taboulé. Il suffit de déposer tous les ingrédients dans un saladier et de bien mélanger ! Osez les mélanges d'herbes pour de belles découvertes et des explosions de saveurs.

TABOULÉ VIDE-COMPTOIR

- 1 part d'herbes fraîches, hachées finement
- ½ part de grains cuits (quinoa, couscous)
- ½ part de légumes en dés (tomates, concombres, céleris)
- ¼ part de jus de citron
- ¼ part de noix hachées (facultatif)
- ¼ part de fruits séchés hachés (facultatif)

Cette recette est parfaite pour liquider les tiges souples de certaines fines herbes. Hachées finement, elles ajouteront un peu de croquant. Les tiges de persil, de coriandre et d'origan sont les plus communes, mais vous pourriez utiliser des tiges de basilic (assez frais), de marjolaine, de sauge ou de cerfeuil. Les tiges dures, comme celles de romarin, de thym et de menthe, peuvent devenir des infusions, des bouquets garnis ou des sirops simples pour vos marinades ou vos cocktails.

CONSOMMER LES TIGES D'HERBES

Mais voulez-vous connaître ma recette favorite pour liquider les tiges d'herbes ? Les herbes salées maison ! Il suffit de mélanger, dans un bocal de verre, une part de sel pour quatre parts d'herbes au choix (feuillage et tiges) et des rebuts de légumes, le tout finement ciselé. On ajoute du zeste de citron ou de lime pour agrémenter, puis on couvre et on réfrigère de quatre à cinq jours avant utilisation. Le mélange se conservera au réfrigérateur pendant plusieurs semaines. À ajouter dans toutes les recettes pour substituer le sel. Mes herbes salées préférées sont celles d'inspiration asiatique, composées de basilic thaï, de coriandre (*cilantro*), de menthe, de coriandre vietnamienne et de zestes de lime.

UN COMPTOIR ABONDANT

Une étude canadienne sortie en juillet 2018 annonçait que 30 % de nos aliments gaspillés seraient des légumes et 15 %, des fruits. J'ai pour mon dire que c'est causé par une mauvaise conservation des aliments. On en achète trop, c'est vrai, mais si on apprenait simplement à mieux les conserver ?

J'ai fait plusieurs recherches et me suis intéressée aux différentes façons de faire. J'ai questionné ma grand-mère sur les pratiques ancestrales, j'ai analysé les méthodes de conservation de différents pays du monde et j'ai dévoré le livre de mon amie Marie Cochard, *Notre aventure sans frigo… ou presque* (Éditions de l'Homme, 2017), qui présente son mode de vie sans cette armoire réfrigérée. Une fois toutes ces données assemblées, j'ai évalué les possibilités et analysé lesquelles correspondaient à ma réalité.

Avant de vous lancer, plantez-vous en plein milieu de votre cuisine et analysez-la quelques minutes. Quel est le meilleur endroit pour ranger votre nourriture fraîche ? À ce stade, vous êtes à la recherche d'un espace suffisamment grand pour déposer des aliments qui auront besoin de respirer. Cet emplacement devra vous permettre de surveiller vos aliments de près. En les ayant à la vue, vous apprendrez à reconnaître les signes de mûrissement ou de dépérissement, comme lorsque vos plantes manquent d'eau.

Chez moi, le comptoir m'a semblé être le meilleur endroit, puisque c'est une surface dégarnie et que mes petits électroménagers sont cachés dans les armoires. Mon comptoir est positionné loin de la fenêtre, pour éviter une source directe de chaleur qui pourrait venir provoquer le mûrissement précoce des aliments. J'ai ainsi constamment un œil sur ce que j'ai à manger. Impossible de ne pas voir un aliment qui a mauvaise mine !

Placez vos aliments dans de petits bocaux, verres ou vases remplis d'un centimètre d'eau. Je n'en ajoute pas plus, pour éviter qu'un marécage se crée et empeste ma cuisine après quelques jours. De plus, si vous mettez trop d'eau, un cerne rouge pourrait apparaître sur les aliments, signe de moisissure. Je préfère ajouter de l'eau plus régulièrement que de jeter des aliments moisis.

Tous les aliments qui montrent des signes de détérioration devront être consommés rapidement. La réfrigération ne les ressuscitera pas, mais les stabilisera quelques jours. Ainsi, aussitôt que vous taillez votre ananas, votre concombre ou que vous râpez des carottes, vous devrez les déplacer vers le frigo !

DANS LES PETITS POTS, LES PLUS BEAUX ALIMENTS

Je vous propose maintenant de revoir mes trucs de consommation et de conservation sur le comptoir avec quelques-uns des aliments les plus couramment achetés !

LES CÉLERIS

J'avoue que je triche souvent et que, même si j'ai acheté un céleri dans un étalage réfrigéré, je le conserve hors frigo, car sinon je l'oublie jusqu'à le gaspiller. En le conservant dans un bocal, dans un fond d'eau, il garde son croquant et j'ai bien plus envie de le manger dans les jours suivant son achat !

LES CONCOMBRES

Les concombres anglais ou libanais sont d'excellents candidats pour la conservation sur le comptoir. Retirez la pellicule de plastique, qui ne fait que les protéger durant le transport, et plongez-les dans un bocal avec un petit centimètre d'eau. S'il fait très chaud, retournez-les tous les deux ou trois jours pour que l'hydratation soit maximale.

LES CHOUX-FLEURS

Les choux-fleurs peuvent nous tromper puisque le feuillage est très fragile et qu'il se gâche plus vite que la fleur. Dès votre retour à la maison, retirez-le rapidement. Ces parties auront tendance à jaunir plus vite et prendront toute l'énergie du légume, ce qui le fera dépérir plus rapidement. Il se conservera dans un bol d'eau pendant plusieurs jours. Prenez d'ailleurs l'habitude de cuisiner le feuillage comme vous cuisineriez du chou. C'est vraiment délicieux ! Ce truc s'applique également au vert de poireau.

LES BROCOLIS

Le brocoli local et de saison pourra se conserver quelques jours sur le comptoir, mais sa durée de vie peut être effectivement plus courte que d'autres légumes, puisque les fleurons sont plus fragiles. Il existe quelques exceptions à connaître et à tester. Les brocolis étrangers, qui arrivent de loin, ont souvent été conditionnés dans de la glace. Dans ce cas, il vaut mieux les conserver dans un petit bol d'eau au frigo.

DÉFI

DONNER UNE DEUXIÈME VIE AUX BOUCHONS DE LIÈGE

Une question vous brûle probablement les lèvres: « Que fais-tu avec les mouches à fruits ? » Elles sont interdites chez moi ! Je n'en vois jamais ! J'ai deux explications pas-scientifiques-du-tout.

1. **Le choix des contenants :** je dépose mes fruits et mes légumes dans des assiettes à tarte plutôt que dans des saladiers, car ça permet une meilleure circulation d'air. Quant aux aliments plus susceptibles d'attirer les mouches à fruits, je les recouvre d'une cloche en moustiquaire que j'ai achetée dans un magasin à grande surface. Et évidemment, je les consomme en priorité.

2. **Les bouchons de liège :** j'accumule les bouchons de liège (non plastifiés) dans mes contenants. J'ai entendu dire que ça éloigne les mouches à fruits. Est-ce vrai ? Je ne sais pas, mais chez moi ça a toujours fonctionné. L'autre avantage, c'est que le liège agit comme une couche de protection naturelle entre les aliments. Ainsi, la pomme poquée n'est plus directement en contact avec une autre pomme et ne provoque pas inutilement son mûrissement.

   Le liège absorbe également les surplus d'humidité qui occasionnent les moisissures des aliments en contact avec l'air. Donc mes aliments ne moisissent pratiquement plus (à part quelques citrons que j'aurais dû congeler – voir l'astuce à la page 139). J'ai les mêmes bouchons depuis des années et je suis toujours aussi satisfaite de leur seconde vie !

En appliquant ces deux trucs, vous développerez une sensibilité aux aliments frais. N'oubliez pas de leur porter une petite attention particulière tous les jours, histoire de repérer les signes de détérioration pour éviter de les gaspiller pour rien. Un aliment en fin de vie doit aller rapidement dans le frigo, sur la tablette à la hauteur des yeux. Mais détrompez-vous ! Le frigo ne fera pas de miracles. Le meilleur moyen de ne pas gaspiller, c'est de manger rapidement les aliments défraîchis !

CANEVAS DE PURÉE DE LÉGUMES

5 minutes | variable | 1,5 litre (6 tasses) | déconseillée, à moins de l'intégrer dans une recette

INGRÉDIENTS

- 1,5 litre (6 tasses) de légumes nettoyés et coupés en cubes (avec ou sans la peau)
- 60 ml (¼ tasse) de corps gras
- 125 ml (½ tasse) de liquide (lait, bouillon, eau) (facultatif)
- Tiges d'herbes fraîches flétries (facultatif)
- 1 à 2 gousses d'ail (facultatif)
- Sel et poivre

Sur la photo: betteraves; chou-fleur; patates douces.

PRÉPARATION

Il existe trois façons de réaliser une purée de légumes:

Dans une casserole

1. Placer les légumes dans une casserole et couvrir d'eau froide légèrement salée.
2. Porter à ébullition et cuire jusqu'à tendreté, environ 10 à 20 minutes.
3. À l'aide d'un pilon, réduire en purée.
4. Ajouter un corps gras et du liquide pour obtenir une purée onctueuse. Rectifier l'assaisonnement.

Au four à micro-ondes

1. Déposer les légumes dans un saladier adapté au micro-ondes et recouvrir d'eau. Couvrir de papier cellophane ou d'une assiette allant au micro-ondes.
2. Cuire pendant 8 minutes à puissance maximale. Égoutter.
3. Écraser à la fourchette.
4. Ajouter un corps gras et du liquide pour obtenir une purée onctueuse. Rectifier l'assaisonnement.

Au four

1. Placer la grille au centre du four. Préchauffer le four à 400 °F (200 °C).
2. Dans un bol, verser les légumes et ajouter l'huile, les assaisonnements, le sel et le poivre.
3. Déposer sur une plaque de cuisson recouverte d'un papier parchemin ou d'une feuille de cuisson en silicone et mettre au four pendant 30 minutes, ou jusqu'à tendreté.
4. Réduire en purée au mélangeur.
5. Ajouter un corps gras et du liquide pour obtenir une purée onctueuse. Rectifier l'assaisonnement.

CANEVAS DE COMPOTE

10 minutes | 15 à 20 minutes | 1 litre (4 tasses) | jusqu'à 6 mois

INGRÉDIENTS

- 1,5 litre (6 tasses) de fruits, coupés en cubes
- Aromates (cannelle, graines de cardamome, morceaux de gingembre, zestes d'agrumes, etc.)
- 125 ml (½ tasse) d'eau (facultatif)
- 125 ml (½ tasse) de sucrant (facultatif)
- 5 ml (1 c. à thé) d'essence de vanille (facultatif)

PRÉPARATION

1. Dans une casserole, verser les fruits et les aromates, puis couvrir. Les fruits humides comme l'ananas ou les poires n'auront pas besoin d'eau, alors que les pommes devront être humidifiées pour éviter de coller dans la casserole, à moins qu'elles ne soient très mûres.
2. Cuire à feu moyen pendant 15 à 20 minutes ou jusqu'à ce que la chair des fruits s'écrase. Retirer du feu et laisser refroidir environ 15 minutes.
3. Retirer les aromates en morceaux (comme un bâton de cannelle) et réduire en purée.

RAFALE D'IDÉES

Osez les mélanges audacieux comme canneberges, gingembre et zeste de citron, et sucrez avec un peu de miel. Pour les fruits naturellement plus sucrés, je vous suggère de n'ajouter du sucre qu'une fois que la compote est réduite en purée et refroidie.

DE RIEN !

Si vous cuisinez une compote d'agrumes, retirez un maximum de la membrane blanche qui ajoute un brin d'amertume. Si le résultat est amer malgré tout, sachez qu'il est possible de « sauver » la compote en lui ajoutant des épices moulues, comme un mélange d'épices de tarte à la citrouille, et un peu de vanille.

Sur la photo :
canneberges, gingembre et oranges ;
poires et curcuma ;
ananas et gingembre ;
petits fruits (mûres, cerises, baies), citron et cannelle ;
pamplemousses et oranges ;
framboises et érable.

CANEVAS DE CHUTNEY

10 minutes | 30 à 45 minutes | 500 ml (2 tasses) | jusqu'à 6 mois

INGRÉDIENTS

- 500 ml (2 tasses) d'un fruit ou d'un légume fatigué, coupé en cubes
- 60 ml (¼ tasse) de vinaigre
- 60 ml (¼ tasse) de sucrant ou de fruits séchés, hachés finement
- 60 ml (¼ tasse) d'eau (facultatif)
- 2 gousses d'ail, hachées finement
- 5 ml (1 c. à thé) de graines de cardamome et/ou de cannelle
- 5 ml (1 c. à thé) de graines de cumin
- 5 ml (1 c. à thé) de graines de coriandre
- 5 ml (1 c. à thé) de poudre de piment (facultatif)
- 10 ml (2 c. à thé) de gingembre frais, râpé (facultatif)
- Sel et poivre

PRÉPARATION

1. Dans une casserole, à feu moyen, chauffer les fruits ou les légumes.
2. Verser le vinaigre et le sucrant ou les morceaux de fruits séchés et porter à ébullition. Au besoin, ajouter 60 ml (¼ tasse) d'eau. Réduire le feu et laisser mijoter pendant 30 à 45 minutes ou jusqu'à consistance épaisse.
3. Ajouter l'ail et les épices et, si désiré, la poudre de piment et le gingembre.

RAFALE D'IDÉES

Les chutneys sont des sauces aigres-douces servies en accompagnement de mets de la cuisine asiatique ou africaine. Ce canevas zéro gaspi vous permettra d'ajouter une touche vide-frigo à un repas en enrobant une pièce de viande ou en nappant un burger végé (voir la page 114). Il donnera aussi du punch aux plateaux de fromages ! N'hésitez pas à ajouter des épluchures, comme celles des courges et des citrouilles, des tomates ou des aubergines.

DE RIEN !

Le légume choisi imbibe tout le liquide sans se transformer en chutney ? Ça arrive avec certains légumes moins humides. J'en ai fait l'expérience avec le maïs ! J'ai tout de suite transformé la préparation en mélange de tortillas maison (voir la page 110).

Sur la photo : poivrons verts et épices garam masala ; canneberges ; mangue et vinaigre de radis marinés.

CANEVAS DE POUDING AU PAIN SALÉ

10 minutes | 20 minutes | 1 pain ou 24 muffins | jusqu'à 3 mois

INGRÉDIENTS

- 750 ml (3 tasses) de lait, de crème ou de boisson végétale
- 5 œufs
- Sel et poivre
- 3 litres (12 tasses) de mélange de pains coupés en gros cubes
- 250 ml (1 tasse) de protéines (charcuterie, viande braisée, tofu, fruits de mer)
- 375 ml (1 ½ tasse) de fromage, râpé
- 250 ml (1 tasse) de légumes, coupés en dés et cuits
- 30 ml (2 c. à soupe) d'herbes fraîches hachées ou d'épices (facultatif)
- 30 ml (2 c. à soupe) de pesto (facultatif)

PRÉPARATION

1. Placer la grille au centre du four. Préchauffer le four à 350 °F (180 °C).
2. Utiliser un moule de silicone ou recouvrir un moule de métal d'une feuille de papier parchemin. Déposer le moule sur une petite plaque de cuisson en cas de débordement.
3. Dans un grand bol, fouetter ensemble le lait et les œufs. Saler et poivrer.
4. Ajouter le pain et laisser imbiber environ 15 minutes en remuant une fois ou deux.
5. Ajouter au mélange de pain les protéines, le fromage et les légumes. Mélanger.
6. Si désiré, ajouter des herbes fraîches et du pesto (facultatif).
7. Verser dans les moules à muffins et cuire au four de 20 à 30 minutes ou, pour un moule à pain, de 30 à 45 minutes, ou jusqu'à ce que le pouding au pain soit doré.

RAFALE D'IDÉES

J'aime bien faire moitié lait, moitié crème. Je râpe aussi tous les petits morceaux de vieux fromages pour une avalanche de saveurs.

Il vous reste de la salade César ou de la salade grecque ? Allez hop ! Mettez tout ça dans votre préparation, pour ajouter un peu de saveur à votre pouding au pain.

DE RIEN !

Évitez les lentilles et le tempeh en guise de protéines. Ne cuisinez pas ce canevas avec du pain au levain. Enfin, assurez-vous que le pain soit bien sec. J'ai déjà cuisiné ce canevas avec de la pizza froide de la veille, encore trop humide. Le pire flop de ma carrière de cantinière !

Sur la photo : lait et crème sure décongelés, œufs, sauce tomate maison, croûtons de pain séché et restes de pain à l'ail, beurre de pois, fromage, poireau.

CANEVAS DE POUDING AU PAIN SUCRÉ

20 minutes | 35 à 45 minutes | 1 pain ou 24 muffins | jusqu'à 3 mois

INGRÉDIENTS

- 750 ml (3 tasses) de lait, de crème ou de boisson végétale
- 5 œufs
- 3 litres (12 tasses) d'un mélange de pains séchés ou de pâtisseries, coupés en gros cubes
- 250 ml (1 tasse) de fruits, en morceaux
- 250 ml (1 tasse) de fruits séchés, de noix ou de morceaux de chocolat
- 30 ml (2 c. à soupe) d'essence de vanille

PRÉPARATION

1. Placer la grille au centre du four. Préchauffer le four à 350 °F (180 °C).
2. Graisser un moule ou recouvrir d'une feuille de papier parchemin. Déposer le moule sur une petite plaque de cuisson pour éviter tout débordement.
3. Dans un grand bol, fouetter ensemble le liquide et les œufs. Ajouter le pain et laisser imbiber environ 15 minutes en remuant une fois ou deux.
4. Ajouter les fruits et les garnitures au mélange de pain. Mélanger.
5. Verser dans le moule et cuire au four environ 35 à 45 minutes pour un moule à pain ou 35 minutes pour des portions individuelles, ou jusqu'à ce que le pouding soit doré.

Sur la photo : mélange pina colada à base de lait de coco, ananas, mangue et noix de coco sucrée.

CANEVAS DE LASAGNE SUCRÉE

10 minutes | 8 à 10 portions | déconseillée

INGRÉDIENTS

- Une trentaine de biscuits secs (Graham, Thé social ou gingembre) ou 9 tranches de pain de mie rassis
- 500 ml (2 tasses) de mélange crémeux (yogourt, pouding ou fromage crémeux)
- 500 ml (2 tasses) de fruits abîmés ou de fruits grillés, coupés en morceaux
- Garnitures sucrées ou noix, au goût

PRÉPARATION

1. Déposer une première rangée de biscuits secs ou de pain rassis au fond d'un moule à pain ou d'un plat de cuisson.
2. Couvrir du tiers du mélange crémeux. Étendre la moitié des fruits. Répéter.
3. Ajouter une dernière rangée de biscuits ou de pain et couvrir du dernier tiers de mélange crémeux. Garnir de noix grillées ou de décorations sucrées.
4. Réfrigérer au moins une heure avant de servir.

Sur la photo : pudding butterscotch, bananes et biscuits Thé social.

Chapitre 2

LE FRIGO

Maintenant que vous connaissez mes meilleures habitudes de conservation, attaquons le frigo. Ah, cette belle armoire réfrigérée qui trône dans la cuisine et qu'on surcharge souvent inutilement… Elle nous sécurise, nous laisse croire que tout y survivra, mais est-ce vraiment le cas ? Malheureusement pas ! Les surprises de fond de tablette et le tiroir tombeau, ça vous dit quelque chose ? Comme vous savez désormais qu'en désencombrant le frigo au profit du comptoir, vous réduisez les chances de gaspiller, vous êtes prêt à passer à l'étape suivante. Dans ce chapitre, vous vous apprêtez à relever plusieurs petits défis vide-frigo qui changeront complètement votre manière de vous organiser et, espérons-le, de cuisiner. Mais rassurez-vous, ces changements d'habitudes se feront dans le plaisir et ne bousculeront aucunement votre quotidien. Prêt à relever les défis ? C'est parti !

LES PIÈGES D'UN FRIGO SURCHARGÉ

Si je vous demandais de faire un inventaire du contenu de votre frigo, sauriez-vous répondre en un seul coup d'œil ? Les aliments oubliés, ou conservés non adéquatement, occasionnent beaucoup de gaspillage alimentaire et vous font perdre de l'argent. En épurant le frigo, vous aurez un meilleur aperçu de son inventaire et gagnerez en efficacité énergétique.

Avant de réorganiser son (ou ses) frigo(s), il faut d'abord comprendre pourquoi il est essentiel de le ranger en suivant une logique précise. Dans les prochaines pages, nous regarderons ensemble chaque zone de rangement afin de bien comprendre quoi y déposer.

LA CIRCULATION D'AIR

Contrairement au congélateur, qui fonctionne mieux bien rempli, le frigo a besoin que l'air circule pour équilibrer la température et l'humidité. Il se refroidit grâce à l'air qui circule à l'intérieur. Il est également important de prévoir assez d'espace autour de votre frigo pour que l'air puisse y circuler en permanence. Un frigo trop à l'étroit ne fonctionnera pas à son plein potentiel. Gardez en tête que si la chaleur ne peut s'échapper, le système de refroidissement consommera plus et perdra de son efficacité énergétique.

LES ZONES DE FROID

Une grande majorité des frigos n'ont pas de thermostat. Une simple roulette graduée de 1 à 5 n'indique qu'approximativement la température. Il est donc suggéré d'avoir un thermomètre afin de s'assurer de la salubrité des aliments. Réglez la température de votre frigo pour qu'elle atteigne de 2 à 4 °C (de 35 à 39 °F).

N'oubliez pas que la température n'est pas homogène dans le frigo. Je déplace régulièrement le thermomètre de mon frigo pour m'assurer que je conserve les aliments dans les bonnes zones de froid. Idéalement, il faut éviter les écarts de température, surtout pour les aliments fragiles. C'est d'ailleurs pour cette raison qu'il est déconseillé de ranger le lait dans la porte du frigo.

Une fois par mois, surtout quand mon frigo est surchargé, je prends cinq minutes pour faire un suivi, prendre un thermomètre et comparer la température à chaque niveau, ainsi que dans la porte. La partie près du congélateur est souvent la plus froide ; attention de ne pas y déposer les laitues et les aliments plus sensibles aux blessures occasionnées par le froid. On favorise les aliments plus fragiles comme les protéines (poissons, viandes, etc.) pour ralentir la prolifération des bactéries.

MON COURS DE CUISINE
MON LIBAN, MA CUISINE
donna hay
DES SOUPES
Green Kitchen Travels
Loounie cuisine
L'ESSENTIEL DE CHARTIER
ZÉRO DÉCHET
RECETTES ANTI-GASPI
L'Encyclopédie de la cuisine canadienne
JEHANE BENOIT
RICARDO
cuisinissime

RESCAPER LES ABÎMÉS

Certains aliments frais conservés trop près du congélateur, ou dans un frigo bondé, gèleront. Ça arrive souvent avec les laitues, les carottes et les radis, pour ne nommer qu'eux. Alors, quoi faire si les aliments gèlent ? Faites-les griller !

Frais, flétris ou blessés par le froid, vous retrouverez ainsi le plaisir de cuisiner les légumes. Vous pourrez les manger pendant quelques jours et leur donner de multiples vies : comme accompagnement ou assaisonnement d'une recette de base, ou en les retransformant (potage minute, tortillas maison [voir la page 110], purée de légumes [voir la page 32], etc.).

« Comment faire griller les légumes flétris ? » Cette question revient à la fin de chacune de mes conférences !

Préchauffer le four à 400 °F (280 °C) pour des légumes flétris ou blessés par le froid ou à 350 °F (180 °C) pour des légumes frais. Personnellement, je grille souvent mes légumes abîmés ou déshydratés ; ils contiennent moins d'eau et sont donc plus rapides à cuisiner. Dans ce cas, je préfère une cuisson à feu vif pour les griller rapidement, tout en conservant un peu de croquant. À l'inverse, lorsque les légumes sont bien frais et croquants, je les grille à feu doux, plus longtemps. À vous de faire vos expériences.

Dans un saladier, déposer les légumes flétris, coupés en morceaux uniformes. Arroser avec un filet d'huile et assaisonner au goût. C'est le moment de fouiller dans l'armoire à épices. Bien mélanger et étaler uniformément sur une plaque de cuisson. En manque d'inspiration pour assaisonner vos légumes ? Rendez-vous à la page 99 pour découvrir mon défi « Épices ».

Osez mélanger les légumes grillés avec les légumes frais ou des verdures fragiles. J'adore en faire une salade tiède en ajoutant des feuilles de roquette et une petite vinaigrette improvisée au balsamique. Miam ! Vous pourrez aussi garnir vos plats en ajoutant la préparation sur une pizza ou un plat de pâtes, par exemple. Le résultat amènera beaucoup de texture et de fraîcheur à vos repas. C'est à adopter !

RANGER LE FRIGO CORRECTEMENT

Ranger son frigo adéquatement assure une meilleure gestion des aliments et permet de les conserver plus longtemps. En connaissant mieux son inventaire, on limite considérablement les allers-retours au supermarché et les dépenses inutiles. Cuisiner avec ce qu'on a est beaucoup plus simple qu'on pense; il suffit de réorganiser le frigo pour stimuler le réflexe de s'y référer.

SORTIR LES INGRÉDIENTS

La première étape est de sortir tous les ingrédients du frigo et de les étaler devant vous. C'est le moment de faire le tri en ouvrant les pots et en vérifiant s'ils sont encore comestibles. Allez, on fait une partie de sniffe-ci, sniffe-ça ! Si un ou des pots vous font grimacer, vous devrez les mettre au compost. Ne vous tapez pas sur le coco, mais n'oubliez pas de revoir votre chaîne de consommation pour repérer ce qui aurait pu être amélioré (voir les pages 18 à 22). Tous les aliments qui paraissent encore bons, mais en fin de vie, devront être rangés de façon à être repérés facilement pour une utilisation rapide. Avant de les réintégrer dans le frigo, prenez le temps de bien nettoyer les tablettes.

NETTOYER RÉGULIÈREMENT LE FRIGO

Je ne peux passer sous silence une grande vérité de ce monde: il n'est pas du tout motivant de nettoyer un frigo surchargé. Un petit nettoyage bimensuel des étagères permet de limiter la prolifération de bactéries. J'utilise du cake vaisselle Flonette pour nettoyer l'intérieur du frigo et je rince avec un linge humide. Vous pouvez également faire un mélange d'eau savonneuse et de vinaigre ménager pour nettoyer.

Votre frigo est maintenant prêt à être rempli à nouveau, mais avant de tout y déposer pêle-mêle, prenez le temps de bien comprendre où mettre les ingrédients pour les optimiser. Soyez stratégique, comme un épicier. Rangez les uns derrière les autres les ingrédients d'une même catégorie. Tous les pots d'olives seront encore plus faciles à repérer. En rangeant convenablement le frigo, vous n'aurez plus l'impression qu'il est vide et serez plus motivé à cuisiner son contenu. Vive l'abondance !

LA PORTE DU FRIGO

La porte du frigo est la zone de rangement où la température fluctue le plus. On y dépose à tort le lait ; la tablette du centre du frigo serait en fait sa meilleure position. Selon Hydro-Québec, jusqu'à 30 % de l'air froid est perdu à chaque ouverture du frigo, sans compter l'air qui continue de fuir pendant qu'il est ouvert.

Rangez-y les aliments qui supportent bien les écarts de température, comme les condiments, les marinades ou les boissons sucrées et végétales. Pour faciliter l'inventaire, rangez les ingrédients par catégories. Par exemple, toutes mes moutardes sont rassemblées côte à côte, à côté de la mayonnaise. Quant aux sauces de style asiatique, elles sont toutes dans le même compartiment. Non seulement vous ne chercherez plus les ingrédients, mais vous survolerez votre inventaire en un seul coup d'œil.

LES TABLETTES

La logique de rangement des aliments a un lien direct avec l'envie de cuisiner. Les aliments enfouis et oubliés depuis des semaines iront directement au compost, n'est-ce pas ? Dommage, car s'ils avaient été rangés sur la tablette du centre, à la hauteur des yeux, vous auriez certainement trouvé une recette à cuisiner.

Si je conserve mes petits pots de sauces dans la porte du frigo, les marinades, les trempettes et certains pots de confiture, eux, sont sagement cordés sur l'étage du haut. Après quelques semaines à les regarder, j'ai toujours une pulsion qui me pousse à les liquider. Mon truc ? L'antipasti zéro gaspi !

Sur la photo : courgettes, cornichons, artichauts, olives, carottes, oignons, haricots verts, caprons.

DÉFI

L'UNION FAIT LA FORCE

Antipasti zéro gaspi, ou l'art de vider les fonds de pots de la tablette du haut ! L'antipasto (antipasti est la forme plurielle du mot) est un mets typique d'Italie. Il signifie « apéritif », ou « avant le plat principal ». Si délicieux, on le sert tant en collation qu'en repas principal, selon sa composition du moment. Ce qui est génial avec les antipasti, c'est qu'on peut les composer avec ce qu'on a sous la main : des légumes grillés à l'italienne, puis des marinades (olives, cornichons, champignons ou artichauts), des charcuteries ou des crustacés, et même certains fromages. Chaque antipasto est différent et c'est ce qui le rend si savoureux !

Face à l'accumulation des fonds de pots de marinades, prenez l'habitude de créer vos propres mélanges maison avec tout ce que vous avez sous la main. Les antipasti se conservent plusieurs jours au frigo ; il est donc possible de les manger de différentes façons sans s'en lasser. Par exemple, j'adore les insérer entre deux tranches de pain séchées pour en faire des sandwichs grillés au fromage ou même redonner un peu d'humidité à un croissant de la veille. En quiche, c'est tout simplement divin !

ANTIPASTI ZÉRO GASPI

- Légumes grillés (patates, poivrons, aubergines, tomates, piments, haricots, choux-fleurs, courgettes, oignons…)
- Fonds de pots de marinades (olives, cornichons, champignons ou artichauts…)
- Charcuteries ou crustacés (facultatif)
- Fromage (facultatif)
- Herbes fraîches, au goût
- Huile, au goût
- Vinaigre de vin, de xérès ou balsamique, au goût
- Assaisonnements, sel et poivre

PRÉPARATION

1. Faire griller les légumes. Laisser refroidir avant d'ajouter les autres ingrédients.
2. Égoutter les fonds de pots de marinades. Vous pourriez conserver les liquides pour de futures recettes ou même pour faire des vinaigrettes.
3. Hacher grossièrement les herbes fraîches, les charcuteries ou les crustacés et les fromages.
4. Dans un saladier, mélanger tous les ingrédients. Ajouter l'huile, le vinaigre et les assaisonnements.
5. Servir en entrée avec du pain ou des biscottes. Ajouter dans une salade verte ou de pâtes. Garnir une lasagne de ce délicieux mélange. Les possibilités sont multiples.

LES SAUCES VIDE-FRIGO

En manque d'inspiration pour liquider des aliments qui tardent à se faire manger ? Ou aimeriez-vous avoir quelques idées pour des aliments en particulier ? Voici quatre canevas qui vous aideront à ajouter du punch à vos repas et, bien sûr, une touche zéro gaspi à l'assiette. Mine de rien, c'est ainsi qu'on adopte un mode de vie anti-gaspillage, en bonifiant les petites recettes ici et là…

SAUCE CRÉMEUSE

- 250 ml (1 tasse) de yogourt nature ou de crème sure
- 30 ml (2 c. à soupe) d'herbes fraîches ciselées
- 10 ml (2 c. à thé) d'épices au goût (cari, fajitas, ras-el-hanou, mélange de Montréal, etc.)
- 5 ml (1 c. à thé) de gingembre moulu et/ou de zeste d'agrumes
- Sel, poivre et poivre de Cayenne au goût
- 30 ml (2 c. à soupe) d'acidité (jus d'agrumes ou vinaigre)

MAYO BBQ

- 60 ml (¼ tasse) de mayonnaise
- 60 ml (¼ tasse) de sauce barbecue
- 5 ml (1 c. à thé) de vinaigre
- 5 ml (1 c. à thé) de paprika fumé
- 5 ml (1 c. à thé) de poudre d'oignon
- 5 ml (1 c. à thé) d'ail en poudre
- 5 ml (1 c. à thé) de sauce Worcestershire (facultatif)

VINAIGRETTE STYLE « BIG MAC » THOUSAND ISLAND

- 125 ml (½ tasse) de mayonnaise
- 10 ml (2 c. à thé) de cornichon sucré, haché
- 10 ml (2 c. à thé) de cornichons à l'aneth, hachés
- 5 ml (1 c. à thé) d'ail, haché très finement
- 5 ml (1 c. à thé) d'oignon, émincé
- 5 ml (1 c. à thé) de sucrant
- 5 ml (1 c. à thé) de vinaigre
- 5 ml (1 c. à thé) de ketchup
- 1 pincée de sel
- 1 pincée de sel d'ail ou d'oignon, au goût

SAUCE CONDIMENT

- 125 ml (½ tasse) d'huile
- 30 ml (2 c. à soupe) de sucrant
- 45 ml (3 c. à soupe) d'acidité
- 1 petite gousse d'ail, hachée finement
- 60 ml (¼ tasse) de condiments (mayo, moutarde ou ketchup)
- 125 ml (½ tasse) de fruits ou de légumes grillés (facultatif)

DÉFI

OUVRIR LA PORTE DU FRIGO

Et si je vous disais que ces dizaines de pots qui vous regardent dans la porte du frigo pourraient être LA solution miracle pour éviter le gaspillage alimentaire, me croiriez-vous ? Votre défi sera de les utiliser pour créer une sauce ou une marinade qui pourrait vous permettre de sauver un aliment qui aurait autrement été jeté.

Le problème, c'est qu'on s'attarde souvent trop à l'utilité d'une sauce. On l'a achetée pour telle utilisation, pas question d'y déroger ! Mais pourquoi, au juste ? Dites-vous qu'il n'y a rien comme une sauce salée pour en remplacer une autre. Même chose pour la sauce piquante ! Tabasco ou sri racha, sambal olek ou harissa, elles vous procureront le même plaisir dans vos recettes, à quelques exceptions près que seuls les fins palais pourront déceler.

Bon, ça paraît facile et, croyez-moi, ça l'est. Laissez-moi vous donner un exemple avec les mangues vertes. Vous savez, ces mangues qu'on achète et qui sont presque blanches ou « jaunes tristes » ? Eh bien moi, quand j'en ouvre une, je ne grimace plus, je saute de joie ! Car je sais que je vais non seulement cuisiner ma fameuse salade de mangue verte, mais que je vais enfin pouvoir vider mes fonds de pots !

Idées de fonds de pots à liquider : huile de sésame ou sauce crémeuse au sésame, sauce teriyaki, sauce soya ou miso, vinaigre de riz ou jus de lime, gingembre mariné haché (le fameux gingembre à sushi !), oignons verts, sucrants, sauce piquante.

Pour les quantités, j'y vais à l'œil. Je verse au fur et à mesure sur ma mangue taillée en juliennes et je goûte. Si les assaisonnements ne me satisfont pas, j'ajoute de petites quantités de ce qui me paraît manquer, jusqu'à ce que je trouve l'équilibre de ma recette.

Cette idée d'assaisonnement d'inspiration asiatique est parfaite pour les mangues vertes, mais également pour aromatiser les carottes et les pieds de brocoli râpés, remplacer la vinaigrette d'une salade de chou, mariner des concombres en manque d'amour, etc.

LES TIROIRS

Les tiroirs du frigo sont conçus pour conserver les surplus de fruits et de légumes. La vérité, c'est que depuis que je conserve la majorité de ces aliments hors frigo, mes tiroirs ne débordent plus comme avant. Par contre, il existe une logique à suivre pour s'assurer que les fruits et les légumes cohabitent bien.

Si vous êtes comme moi, vous vous êtes probablement déjà demandé à quoi pouvaient bien servir ces deux tiroirs dans le réfrigérateur. En prime, un petit bidule sur le tiroir à ajuster, selon ce qu'on y met... Bref, des tiroirs qui prétendent nous aider à conserver nos fruits et nos légumes frais ! Ce n'est pas rien ! Eh bien, je dirais qu'avant même de se préoccuper de ces fameux tiroirs aux grandes prétentions, il vaut mieux réfléchir à ce qu'on y met.

Deux mots à retenir pour vous aider à régler une bonne fois pour toutes la conservation des fruits et des légumes au frigo : respiration et humidité.

LA RESPIRATION

Cela vous étonnera peut-être de savoir qu'il existe bel et bien une raison logique à la séparation des fruits et des légumes dans des tiroirs distincts du frigo. Certains fruits auront littéralement la capacité de faire vieillir beaucoup plus rapidement vos légumes si vous les placez à proximité.

Eh oui ! Les fruits (botaniquement parlant) se séparent en deux clans. D'un côté, les non-climactériques, les relax qui respirent tranquillement au même rythme en tout temps. De l'autre, les climactériques, les stressés de la vie qui, lorsqu'ils commencent à mûrir, se mettent à respirer aussi vite que moi quand j'essaie le ski de fond. Ouf ! Plus un fruit est stressé et plus il « expirera » de l'éthylène, un gaz qui a pour effet d'accélérer le mûrissement de certains fruits, mais aussi la dégradation de certains légumes. Les fruits climactériques sont également ceux qui continuent de mûrir après la cueillette alors que les non-climactériques ne poursuivent pas leur mûrissement après leur cueillette, mais bien leur vieillissement.

C'est donc des fruits climactériques que les tiroirs du réfrigérateur veulent protéger nos légumes. Voici une petite liste, question d'apprendre à les distinguer.

- Les non-climactériques : raisin, agrume, ananas, fraise, courge, melon d'eau, cerise, framboise, mûre.
- Les climactériques : pomme, avocat, banane, bleuet, cantaloup, melon miel, mangue, nectarine, pêche, prune, tomate.

Eh oui ! Vous avez bien lu ! Arrêtez d'attendre que votre ananas mûrisse et devienne plus sucré... Il ne fera que moisir un peu plus chaque jour.

L'HUMIDITÉ

L'humidité, amie ou ennemie de la conservation des aliments ? L'idée est de bien doser, comme dans toutes les bonnes choses de la vie ! Un légume en manque d'humidité deviendra bien vite beaucoup moins intéressant sous la dent, alors qu'un surplus d'humidité le rendra gluant et repoussant. Je vous promets qu'une bonne gestion des besoins en humidité de vos fruits et de vos légumes au frigo vous surprendra ; vous pourrez sans problème multiplier leur durée de vie.

Pour capter les surplus d'humidité qui causent les blessures au froid, vous pouvez placer un linge absorbant au fond de vos tiroirs ou de vos grands contenants hermétiques. Vous pouvez utiliser un vieux linge de table de coton ou de lin, ou un papier essuie-tout, mais évitez les fibres synthétiques. Vous n'avez qu'à le changer tous les cinq ou sept jours, lorsqu'il devient humide.

Bien des gens m'ont dit avoir remplacé les tiroirs à fruits et à légumes par des contenants de plastique. Pourquoi pas ? Certaines personnes y voient un gain d'espace et, surtout, une conservation prolongée de leurs fruits et légumes. Si vous choisissez cette option, je vous suggère tout de même d'y placer un linge et d'essuyer régulièrement l'humidité qui peut s'y créer.

Au final, bien gérer ses tiroirs à fruits et à légumes, c'est aussi... les vider ! Résistez à l'envie de tout compacter (surtout pas le neuf par-dessus le vieux) et faites une gestion régulière de leur contenu. Passage obligé avant chaque visite à l'épicerie.

Enfin, gare aux tiroirs tombeaux ! J'entends par là les tiroirs dans lesquels on laisse mourir les fruits et les légumes. Les prochaines pages vous présenteront des canevas de recettes pour cuisiner les légumes défraîchis et les rendre appétissants. Les végétaux en manque d'amour deviendront peut-être la base de vos nouvelles recettes zéro gaspi préférées !

CANEVAS DU MEILLEUR VÉGÉ-PÂTÉ DE LÉGUMES TOUSKI

10 minutes | 35 à 45 minutes | 1 bûche ou 12 muffins | jusqu'à 6 mois

INGRÉDIENTS

- 1 oignon, coupé en cubes
- 1 gousse d'ail, hachée
- 125 ml (½ tasse) de graines (tournesol, chanvre, citrouille)
- 750 ml (3 tasses) de légumes, râpés
- 75 ml (⅓ tasse) d'huile au goût
- 30 ml (2 c. à soupe) de tamari ou 2,5 ml (½ c. à thé) de sel
- 60 ml (¼ tasse) d'herbes fraîches ou 30 ml (2 c. à soupe) d'épices au goût
- 180 ml (¾ tasse) de farine
- 180 ml (¾ tasse) de levure alimentaire
- Eau chaude pour hydrater le mélange
- Jus et zeste de 1 agrume (facultatif)

PRÉPARATION

1. Placer la grille au centre du four. Préchauffer le four à 350 °F (180 °C).
2. Dans un robot culinaire, verser l'oignon et l'ail. Pulser à quelques reprises. Ajouter les graines et pulser jusqu'à ce que l'oignon soit finement haché et que les graines soient moyennement hachées.
3. Verser la préparation dans un grand bol et ajouter tous les autres ingrédients, sauf l'eau. Bien mélanger. Si vous trouvez le mélange un peu trop sec, ajoutez de l'eau, une cuillère à soupe à la fois.
4. Verser le mélange dans un moule en silicone. Personnellement, j'utilise un moule à pain pour un végé-pâté plus épais. Vous pouvez également séparer le contenu dans des moules à muffins pour en faire des portions.
5. Cuire environ 35 minutes pour les moules à muffins ou 45 minutes dans un moule à pain, ou, dans les deux cas, jusqu'à ce que l'extérieur soit croustillant, mais l'intérieur encore moelleux.
6. Retirer du four et laisser reposer au moins 10 minutes avant de servir.

Sur la photo : chou-fleur et salsa ; épinards et herbes fraîches ; betterave et épices syriennes ; panais et patates douces.

CANEVAS DE FRICOT DE LÉGUMES

10 minutes | 30 minutes | 1 litre (4 tasses) | déconseillée

INGRÉDIENTS

- Corps gras pour la cuisson
- 1 gros oignon, haché
- 250 ml (1 tasse) de légume 1, coupé en cubes
- 250 ml (1 tasse) de légume 2, coupé en cubes
- 250 ml (1 tasse) de légume 3, coupé en cubes
- 250 ml (1 tasse) de légume 4, coupé en cubes
- 1 gousse d'ail, hachée finement
- 60 ml (¼ tasse) d'eau
- 150 ml (⅔ tasse) de crème ou de boisson végétale
- 5 ml (1 c. à thé) de paprika (facultatif)
- 5 ml (1 c. à thé) d'herbes fraîches hachées (facultatif)
- 10 ml (2 c. à thé) de concentré de tomate ou de pesto (facultatif)
- Sel et poivre

PRÉPARATION

1. Dans une grande poêle, chauffer le corps gras. Ajouter l'oignon, puis les quatre légumes, en commençant par le plus long à cuire. Faire cuire à environ 3 minutes d'intervalle, à feu doux, toujours en remuant. Au besoin, verser un peu d'eau entre chaque légume pour éviter qu'ils collent à la poêle.
2. Ajouter l'ail, cuire encore 5 minutes en remuant de temps en temps.
3. Couvrir jusqu'à ce que les légumes soient tendres.
4. Dans un bol, mélanger la crème ou la boisson végétale, le paprika (facultatif), les herbes (facultatif), le concentré de tomate ou le pesto (facultatif). Verser sur les légumes et remuer jusqu'à ce que la préparation soit bien homogène. Arrêter la cuisson dès que la sauce devient chaude.
5. Servir aussitôt sur un lit de féculents ou accompagné d'un morceau de pain.

RAFALE D'IDÉES

J'aime bien varier les couleurs et les textures dans ce canevas. J'inclus donc, à parts égales, un légume de chacune des catégories suivantes :

- un légume de la famille des solanacées (patates, poivrons, aubergines, tomates, gombos) ;
- un légume de la famille des crucifères ou des cucurbitacées (courgettes, courges, citrouilles, choux) ;
- un légume-racine (carottes, navets, betteraves) ;
- une verdure (épinards, laitue flétrie).

Sur cette photo : poivrons, courgettes, pommes de terre et carottes.

CANEVAS DE GRATIN DE LÉGUMES

10 minutes | 45 à 60 minutes | 4 à 6 portions | déconseillée

INGRÉDIENTS

- 1 gros oignon, coupé en rondelles et séparé en anneaux
- 1 légume-racine 1, coupé en fines rondelles
- 1 légume-racine 2, coupé en fines rondelles
- 250 ml (1 tasse) de crème ou de boisson végétale
- 250 ml (1 tasse) de fromage, râpé
- Herbes et épices, au goût (facultatif)
- Sel et poivre

PRÉPARATION

1. Placer la grille au centre du four. Préchauffer le four à 350 °F (180 °C).
2. Dans un moule à gâteau recouvert de papier parchemin, déposer à tour de rôle un étage du légume 1, un étage d'oignons et un étage du légume 2, et ainsi de suite jusqu'à ce que les étages atteignent la hauteur du plat. Si vous êtes gourmand, ajoutez un étage de fromage ici et là.
3. Dans un bol, mélanger la crème ou la boisson végétale et les assaisonnements.
4. Verser les trois quarts de la préparation sur l'étagé de légumes. Couvrir d'un couvercle ou d'un papier d'aluminium.
5. Cuire lentement environ 40 minutes. Ajouter le reste de la crème pour un résultat bien gourmand et gratiner. Poursuivre la cuisson 20 minutes ou jusqu'à ce que les légumes aient la texture désirée.
6. Laisser reposer au moins 5 minutes avant de servir. Retirer le papier parchemin et tailler de belles tranches.

RAFALE D'IDÉES

Il m'arrive de mélanger un fond de crème avec un fond de boisson végétale non sucrée, ou de cuisiner ce gratin avec de la crème de soja. C'est le temps de vider vos pots ! Selon le choix de crème ou de lait, le mélange pourrait devenir trop liquide. Afin de remédier à la situation, j'aime bien préparer le gratin de légumes 24 heures à l'avance pour que les légumes absorbent un peu du liquide.

Sur la photo : navet, pomme de terre, oignon rouge, crème et fromage.

CANEVAS DE VIANDE BRAISÉE

10 minutes | 3 heures | 6 à 10 portions | 3 mois

INGRÉDIENTS

- 1 kg (2,2 lb) de viande désossée et dégraissée, coupée
- 30 ml (2 c. à soupe) de corps gras
- 2 oignons, hachés
- 1 gousse d'ail, hachée finement
- 60 ml (¼ tasse) de sauce sucrée
- 500 ml (2 tasses) de liquide
- 15 ml (1 c. à soupe) de sel ou 60 ml (¼ tasse) de sauce soya
- 750 ml (3 tasses) de légumes, taillés grossièrement
- Sel et poivre

PRÉPARATION

1. Placer la grille au centre du four. Préchauffer le four à 300 °F (150 °C).
2. Dans une grande casserole ou une cocotte allant au four, dorer la viande dans le corps gras. Saler et poivrer. Réserver.
3. Dans la même casserole, attendrir l'oignon et l'ail avec la sauce sucrée. Ajouter du gras au besoin.
4. Déglacer avec le liquide choisi, puis remettre la viande dans la casserole. Saler et poivrer. Couvrir et cuire au four 2 heures.
5. Ajouter les légumes et poursuivre la cuisson environ 1 heure ou jusqu'à ce que la viande se défasse à la fourchette et que les légumes soient tendres. Retirer du four et servir.

RAFALE D'IDÉES

Choisissez des pièces de viande abordables pour effilocher, comme des épaules ou du filet de porc, du rôti de palette, de jambon, etc. Pour végétaliser la recette, il suffit de remplacer la viande par du tempeh ou du tofu extra ferme. Le temps de cuisson sera plus rapide, cependant.

Vos fonds de pots de sauce sucrée seront bien utiles ici. Ketchup, sauce barbecue, vinaigrette sucrée… tout y passe!

N'ayez pas peur d'être créatif pour les liquides. De l'eau ou du bouillon suffisent, mais vous pouvez également oser la bière et le vin.

Sur la photo: rôti de palette au vin rouge, oignon rouge, fleur d'ail et grains de moutarde, servi avec la purée de betterave de la page 32.

CANEVAS DE PLAQUE VIDE-FRIGO

10 minutes · 30 minutes · 4 à 6 portions · déconseillée

INGRÉDIENTS

- 250 ml (1 tasse) de légumes, coupés en morceaux uniformes
- 30 ml (2 c. à soupe) d'huile
- 450 g (1 lb) de protéine, coupée en morceaux
- Herbes fraîches hachées, au goût
- 15 ml (1 c. à soupe) d'épices, au goût
- Sel et poivre

PRÉPARATION

1. Placer la grille au centre du four. Préchauffer le four à 350 °F (180 °C).
2. Dans un saladier, déposer les légumes. Arroser d'huile et saupoudrer d'épices. Remuer avec une spatule pour enrober et bien répartir sur les ingrédients.
3. Déposer la protéine et les légumes sur la plaque.
4. Cuire au four 30 minutes ou jusqu'à ce que la pointe d'un couteau s'insère facilement dans les légumes et que la protéine soit cuite.
5. Au moment de servir, garnir d'herbes fraîches et accompagner de sauce crémeuse (voir la page 54) et d'antipasti (voir la page 53), si désiré.

RAFALE D'IDÉES

Envie de plus de légumes ? N'hésitez pas ! Les quantités de cette recette sont parfaitement adaptables à ce que vous avez sous la main.

DE RIEN !

J'aime bien saisir certaines pièces de viande ou le saumon dans une poêle avant de faire la cuisson à la plaque. La coloration est plus appétissante et la cuisson au four, plus rapide.

Sur la photo : saumon, asperges et haricots verts.

CANEVAS DE PARMENTIER

30 minutes | 30 minutes | 4 à 6 portions | 3 mois

INGRÉDIENTS

- 30 ml (2 c. à soupe) de gras
- 1 oignon, coupé finement
- 1 gousse d'ail, hachée
- 450 g (1 lb) de protéine (viande, tofu, légumineuses), hachée
- Assaisonnements d'herbes et d'épices au goût
- 500 ml (2 tasses) de légumes, coupés en cubes fins ou en rondelles
- 60 ml (¼ tasse) de crème ou de boisson végétale (facultatif)
- 500 ml (2 tasses) de purée de légumes (voir la page 32)

PRÉPARATION

1. Placer la grille au centre du four. Préchauffer le four à 350 °F (180 °C).
2. Dans une casserole, à feu moyen, chauffer le gras et faire revenir le mélange d'oignon, d'ail et de protéine pendant 5 à 6 minutes. Assaisonner au goût. Réserver.
3. Dans la même casserole, dorer les légumes hachés. Cuire 5 à 6 minutes. Ajouter la crème (facultatif) et bien mélanger.
4. Dans un plat allant au four, bien tasser la protéine au fond. Recouvrir du mélange de légumes crémeux et terminer avec un étage de purée.
5. Cuire 30 minutes au four.

RAFALE D'IDÉES

J'adore cuisiner les parmentiers, surtout lorsqu'ils sont assaisonnés d'épices exotiques. Ça me sort complètement du fameux pâté chinois, surtout grâce aux légumes crémeux qui me permettent de liquider les surplus de produits laitiers. À ce sujet, osez remplacer la crème par un fromage onctueux ou un tofu soyeux.

Sur la photo : purée de patates douces de la page 32, maïs, vert de poireau, haricots blancs, haricots rouges, tofu et épices à shawarma.

CANEVAS DE CROUSTADE SALÉE

10 minutes | 30 minutes | 4 à 6 portions | 3 mois (crue)

INGRÉDIENTS

Croustillant

- 250 ml (1 tasse) de flocons d'avoine
- 60 ml (¼ tasse) de farine
- 125 ml (½ tasse) de parmesan ou fromage, râpé
- 85 ml (⅓ tasse) de corps gras
- 15 ml (1 c. à soupe) d'épices et/ou de pesto
- 60 ml (¼ tasse) de noix, hachées (facultatif)

Garniture

- 125 ml (½ tasse) de fromage, râpé
- 500 ml (2 tasses) de légumes, coupés en dés
- Herbes et épices, au goût
- 15 ml (1 c. à soupe) de pesto
- 15 ml (1 c. à soupe) de jus de citron

PRÉPARATION

1. Placer la grille au bas du four. Préchauffer le four à 350 °F (180 °C).
2. Dans un bol, mélanger tous les ingrédients du croustillant. Réserver.
3. Dans un autre bol, mélanger le fromage, les légumes et les épices de la garniture. Ajouter le pesto et le jus de citron. Bien mélanger.
4. Répartir la garniture dans un plat de cuisson carré de 20 cm (8 po) ou une assiette à tarte. Couvrir de croustillant.
5. Cuire au four 35 à 45 minutes ou jusqu'à ce que le croustillant soit bien doré. Laisser tiédir sur une grille avant de servir.

Sur la photo : poivrons, tomates, chou kale blanchi, herbes fraîches, fromage, garniture de parmesan et amandes rôties salées.

CANEVAS DE TARTE SALÉE

15 minutes | 45 minutes | 4 à 6 portions | 3 mois, crue

INGRÉDIENTS

- 1 grande abaisse à tarte salée ou 1 pâte feuilletée
- 250 ml (1 tasse) de houmous ou de purée de légumes
- 250 ml (1 tasse) de légume 1, coupé en lanières
- 250 ml (1 tasse) de légume 2, coupé en lanières
- 45 ml (3 c. à soupe) de pesto (facultatif)
- 60 ml (¼ tasse) de fromage, râpé (facultatif)

Garnitures facultatives

- Herbes fraîches, hachées grossièrement
- Épices
- Zestes d'agrumes

PRÉPARATION

1. Placer la grille au bas du four. Préchauffer le four à 400 °F (200 °C).
2. Abaisser la pâte dans un moule graissé et huiler la croûte. Percer avec une fourchette. Précuire la pâte environ 10 à 12 minutes en la recouvrant d'un papier d'aluminium et de haricots secs pour éviter qu'elle gonfle. Laisser tiédir au moins 15 minutes avant de garnir.
3. Étendre l'houmous sur l'abaisse à tarte et répartir uniformément.
4. Presser doucement les lanières de légumes dans le mélange de houmous, en alternant pour former une spirale. Vous pourriez en faire des petits rouleaux, comme sur la photo ; ce n'est pas plus long.
5. Si désiré, badigeonner un peu de pesto sur les légumes et la pâte autour du bord. Ajouter du fromage (facultatif).
6. Cuire 35 à 40 minutes ou jusqu'à ce que les légumes soient cuits et la croûte dorée.
7. Laisser reposer la tarte au moins 10 minutes. Garnir d'herbes fraîches, d'épices et de zestes avant de servir.

Sur la photo : houmous, courgettes, carottes, pesto de tomates et fromage.

Chapitre 3

LE GARDE-MANGER

Lorsque le frigo nous semble vide et qu'on a l'impression qu'il ne reste plus rien à manger, il suffit de se tourner vers le garde-manger pour retrouver l'inspiration! Les aliments secs peuvent paraître à première vue inintéressants, surtout si on a envie de fraîcheur, mais rassurez-vous, il restera toujours un légume abîmé, des fruits qui ont mauvaise mine ou deux-trois ingrédients dans le congélateur pour les compléter. Alors dans ce chapitre, c'est à mon tour de me lancer un défi : celui de vous faire la démonstration que grâce aux huiles, aux farines, aux grains, aux légumineuses et aux conserves, vous pourrez cuisiner de délicieux repas sans être tenté d'aller à l'épicerie… Vous apprendrez à faire un meilleur roulement d'inventaire et prendrez plaisir à créer des repas goûteux et créatifs, à base de peu d'ingrédients.

LE JEU DES VÉRITÉS

Le garde-manger a des allures différentes d'un foyer à l'autre. La majorité des gens rangent les aliments secs dans une armoire fermée, mais d'autres, comme moi, doivent se contenter de tiroirs ici et là dans la cuisine. L'important, c'est de nous assurer que la logique de rangement ne nous fasse pas perdre de vue notre inventaire et qu'elle facilite la consommation.

Avant de penser à réorganiser les armoires, je vous invite à analyser vos besoins pour vous assurer que vous disposez de suffisamment d'espace pour avoir des réserves toute l'année. L'autodiagnostic de son garde-manger se fait en le vidant. Oui, oui, au complet ! Mettez tous les ingrédients sur la table de la cuisine ou sur une surface suffisamment spacieuse pour faire un tri judicieux. C'est le moment de jouer au jeu des vérités. Tous ces aliments devant vous sont là depuis combien de temps ? La poussière pourra déjà vous donner un indice…

Épurez les tablettes en favorisant le vrac et évitez de tomber dans le piège de l'abondance. Vous gagnerez énormément d'espace et vous réduirez le risque de gaspiller.

Pour vous aider à faire le tri, séparez les ingrédients en trois grandes zones : ceux que vous avez achetés depuis trop longtemps et que vous ne consommez jamais, les aliments qui vous dépannent régulièrement, puis les ingrédients de base.

CATÉGORIE 1 : LES GRANDS IGNORÉS

Vous ferez assurément des découvertes. Si un emballage est intact et scellé, vous pourrez l'offrir à un proche ou aller le déposer dans un organisme qui offre de l'aide alimentaire. S'il a été ouvert, par contre, vérifiez le contenu pour vous assurer qu'il est encore comestible. Si vous avez un doute, hop au compost ! Vous saurez que vous ne consommez pas réellement cet aliment et vous n'aurez qu'à ne plus l'acheter ou, du moins, à recourir au vrac pour vous procurer seulement la quantité dont vous avez besoin.

CATÉGORIE 2 : LES DÉPANNEURS

Nous avons tous nos essentiels. Ce sont des conserves, des pots de sauces du commerce, des craquelins, des marinades et tous ces aliments prêts à consommer qui nous sauvent la vie ! Vous trouverez probablement des doublons et des expirés. Si c'est le cas, cuisinez-les rapidement, ou ajoutez-les à des recettes de base, comme le cake salé de la page 100, une base de potage ou même de trempette chaude.

CATÉGORIE 3 : LES BASES

L'attrait de la variété alimentaire nous pousse souvent à acheter plusieurs déclinaisons d'un même ingrédient. Combien de sortes de pâtes courtes avez-vous dans le garde-manger ? Et de sortes de riz ? Vous trouverez probablement des doublons, des fonds de sacs enfouis derrière les nouveaux. D'abord, vérifiez que tout est encore bon.

Idéalement, vous vous procurerez des contenants pour transvaser les ingrédients. Ils se conserveront plus longtemps que dans leur emballage d'origine, et vous éloignerez les petits rongeurs. J'aime bien donner une deuxième vie aux bocaux de verre, comme je sais que leur potentiel recyclable n'est pas aussi grand qu'on le voudrait. Ça m'évite ainsi d'acheter de nouveaux bocaux ou des contenants de plastique. Ensuite, deux options s'offrent à vous : transvaser le contenu du vieux sur le nouveau ou le déposer dans un plat à touski. Je vous expliquerai comment classer judicieusement ces bases à la page 82.

UN PETIT MÉNAGE AVEC ÇA ?

Le vinaigre blanc 5 % est un essentiel du garde-manger. Il est pratique pour les marinades et certaines sauces, mais également en guise de produit ménager maison. Remplissez simplement une bouteille à vaporisateur d'un mélange moitié eau-moitié vinaigre et vaporisez ! Avant de remettre vos ingrédients dans le garde-manger, profitez-en pour épousseter et nettoyer vos tablettes avec ce mélange. Faites la même chose avec les conserves et les bocaux. Frottez-les finalement avec un linge propre.

Vous êtes maintenant prêt à réorganiser votre garde-manger !

DÉFI

CUISINER UN GRANOLA SALÉ

Les granolas sucrés ont la cote. On les mange au petit-déj, en collation, ou on les utilise pour ajouter du croquant à un dessert. La combinaison de flocons, de noix et de fruits séchés est toujours gagnante. Alors, pourquoi ne pas s'en inspirer pour garnir d'autres plats salés ? Ce défi vous permettra de liquider tous les fonds de sacs de noix, ou devrais-je dire, les fonds de graines de mélanges du randonneur. Je ne sais pas si vous êtes comme moi, mais je me lasse toujours de manger les graines de citrouille et de tournesol.

Premièrement, rendez-vous dans le garde-manger et sélectionnez tous les fonds de sacs : flocons, noix, graines, nouilles frites, fonds de sacs de craquelins humides.

Maintenant, sélectionnez deux saladiers. Dans le premier, versez tous les aliments qui devront être cuits, comme les flocons et les noix défraîchies. Voici la recette du parfait dosage :

- 1 tasse de flocons ou de lanières de tortillas séchés
- 1 tasse de noix hachées ou un mélange de noix et de graines
- 15 ml (1 c. à soupe) de corps gras
- 15 ml (1 c. à soupe) de sucrant
- 15 ml (1 c. à soupe) d'épices
- 15 ml (1 c. à soupe) de sel
- 15 ml (1 c. à soupe) de levure alimentaire (facultatif)

Mélangez le tout et déposez sur une plaque de cuisson, dans un four préchauffé à 375 °F (190 °C). Faites cuire environ 15 minutes, ou jusqu'à ce que ce soit croquant comme vous l'aimez.

Une fois le mélange refroidi, je vous suggère de vérifier s'il n'y aurait pas d'autres fonds de sacs à ajouter pour bonifier le mélange. Osez ajouter les fonds de sacs de croustilles, de bretzels et compagnie. Pourquoi ne pas compléter avec des croûtons de pain sec ?

COMMENT LES MANGER ?
Ce parfait mélange pourra être ajouté sur vos salades, pour garnir vos craquelins maison (voir la page 102) ou sur vos cakes salés (voir la page 100) J'adore ajouter des granolas salés sur mes potages en hiver !

CHAQUE CHOSE À SA PLACE

Tout comme l'organisation du frigo, un garde-manger bien rangé contribuera à réduire considérablement le gaspillage alimentaire au quotidien. Il est important de repenser à la façon de le classer, et c'est pourquoi j'avais envie de vous présenter quelques trucs qui me sont fort utiles. Mine de rien, grâce à une meilleure organisation, je gagne du temps, je mange mieux et je gaspille moins !

Encore ici, il est important de faire de belles rangées. Prenez l'habitude d'aligner les mêmes aliments un à la suite de l'autre selon la date de péremption : la plus proche devant et la plus loin derrière. Et pourquoi ne pas ajouter de petits outils pour économiser quelques pas ? Tant qu'à chercher l'ouvre-boîte dans le tiroir à ustensiles, aussi bien le déposer dans la rangée des conserves. Utilisez un bocal ou une tasse fendue pour y déposer également un tamis. Même chose si la tablette des ingrédients à pâtisseries est suffisamment grande pour accueillir les accessoires : ajoutez fouet, cuillères de bois et tasses à mesurer… Cela facilitera la préparation de vos recettes.

Prenez l'habitude d'isoler les fonds de sacs ou de pots de vos aliments secs. En les déposant dans un bac à touski (tout ce qui reste), vous irez piger dans cette zone de trouvailles avant d'entamer un nouveau sac. Ainsi, vous aurez le réflexe de les prioriser avant de faire de nouveaux achats. Ce panier des possibles vous dictera bientôt quelles seront les garnitures de votre prochaine recette de biscuits touski, ou de garniture à salade…

Dans les prochaines pages, je vous présenterai les ingrédients de base à avoir dans le garde-manger et comment les cuisiner pour éviter de les accumuler.

GÉRER LES BOUTEILLES D'HUILE ET DE VINAIGRE

Avec la montée en popularité des huiles locales, en plus de toutes celles qu'on achète pour différentes utilisations, c'est assez facile d'accumuler les pots dans le garde-manger. Parmi la panoplie de choix, j'en sélectionne au maximum quatre que j'utilise en fonction de mes goûts. Inutile d'en acheter trop en même temps, je risque de les pousser dans le fond du garde-manger et de les oublier, au profit de mes huiles favorites… Vous vous reconnaissez ? Voici quelques pistes afin de vous aider à faire votre choix.

L'HUILE À SALADE

Huile de pépin de raisin, huile de tournesol, huile de lin ou d'avocat… Ayez toujours une sorte d'huile plutôt neutre et au goût peu prononcé. Délicate, elle tolère la cuisson, mais est plus savoureuse pour arroser les salades ou comme base de vinaigrette. Une huile d'olive trop forte pourrait gâcher votre salade ou votre marinade.

L'HUILE À CUISSON

L'huile de canola (calzone) est la plus courante, avec l'huile d'olive. Certains cuisiniers utiliseront l'huile de pépin de raisin pour la friture et les grillades. Essayez d'y aller pour des huiles d'olive extra-vierges et si vous le pouvez, demandez à les goûter avant de les acheter.

L'HUILE PARFUMÉE

Une huile au goût prononcé comme celle de sésame ou encore infusée au basilic ou au citron complétera vos plats avec finesse. Utilisez-les à coups de 15 ml (1 c. à soupe) maximum, car la goutte de trop viendrait bousiller votre plat cuisiné avec amour.

L'HUILE GOURMET

Si vous êtes un *foodie*, vous voudrez peut-être ajouter un quatrième choix à votre liste de base, une huile un peu plus haut de gamme. L'huile, c'est comme le vin, on a souvent nos préférences ! Prenez le temps de trouver celles qui vous plaisent. Certaines huiles au goût plus prononcé, comme celles de cameline, de chanvre ou de lin, méritent d'être achetées en vrac et utilisées pour certaines recettes seulement.

LE JEU DE HASARD QUE VOUS NE VOULEZ PAS GAGNER !

On me pose souvent des questions sur la *Clostridium botulinum,* en lien avec la conservation des aliments. Ah ! cette vlimeuse qui nous donne l'impression de devoir nous fendre les cheveux en quatre lorsque nous faisons des conserves maison ou que nous mettons quelques herbes dans une bonne huile pour ne rien gaspiller de leurs arômes. Nos grands-parents utilisaient des méthodes plus « rustiques » que les nôtres et n'en sont pas morts pour autant !

N'étant pas une experte en la matière, je me réfère toujours à ma collègue Édith Ouellet, nutritionniste en alimentation locale, pour bien nuancer le propos et minimiser les risques.

LE BOTULISME

Simplement dit, le botulisme alimentaire est une intoxication plutôt rare qui peut être provoquée par la consommation d'un aliment contaminé par les toxines créées par la bactérie *C. botulinum.* Avec une moyenne annuelle de six cas par année entre 2012 et 2016 pour tout le Canada, on peut penser qu'on s'en fait pour rien, mais laissez-moi vous dire que cette loterie n'en est assurément pas une que j'aimerais remporter. Les effets de la bactérie peuvent gravement affecter le système nerveux, au point de causer une paralysie ou même le décès.

Cette bactérie, comme bien d'autres de son espèce, aime tout particulièrement se reproduire dans des milieux humides, chauds et peu acides (pH de 4,6 et plus). Ce n'est pas tout ! Ce qui fait d'elle une dangereuse candidate, c'est qu'elle réussit très bien à se reproduire en l'absence d'air ; elle est très résistante à la chaleur (jusqu'à 116 °C !) et n'altère ni la couleur, ni l'odeur, ni le goût des aliments. Ici, on peut facilement penser aux herbes fraîches placées dans l'huile (en l'absence d'air) ou aux conserves maison ! D'ailleurs, ces dernières, lorsqu'elles sont mal réalisées, sont l'une des principales causes de botulisme alimentaire. La mise en conserve d'un coulis de tomate fait avec des tomates pas suffisamment acides réunit les conditions nécessaires à la reproduction de notre *C. botulinum.* C'est d'ailleurs pour cette raison qu'il est généralement conseillé d'ajouter du jus de citron dans les conserves de tomates.

La seule méthode sécuritaire de mise en conserve des aliments peu acides qui permet vraiment de détruire les spores est le traitement à l'autoclave sous une pression de 10 lb. Sinon, pour éviter le développement des spores de *Clostridium botulinum,* vous pouvez toujours user de diverses stratégies de prévention. Comme cette bactérie aime la chaleur, l'humidité, les milieux peu acides et l'absence d'air, rendez-lui la vie difficile en mettant en pratique les trucs suivants.

LES ALIMENTS DANS L'HUILE

- Conserver au réfrigérateur les aliments frais immergés dans l'huile en tout temps et les consommer dans les dix jours.
- Faire déshydrater les herbes et les aliments avant de les immerger dans l'huile.
- Faire macérer au frigo l'huile, les herbes, l'ail ou tout autre ingrédient, puis filtrer lorsque les saveurs sont bien préservées dans l'huile.
- Congeler les aliments préservés dans l'huile.

LES CONSERVES

- Utiliser des recettes testées et des sites de référence fiables.
- Éviter les méthodes de mise en conserve non sécuritaires.
- Utiliser l'autoclave pour les aliments peu acides.
- Suivez un cours de mise en conserve si vous ne vous sentez pas à l'aise avec la méthode.

J'ajouterais en terminant que même si j'encourage les gens à consommer les aliments parfois un peu moins parfaits, on veut éviter de manger une conserve qui ne le serait pas. Eh oui, une conserve bombée, bosselée ou qui fuit n'est destinée qu'à un seul endroit : le bac à compost.

LES MEILLEURES VINAIGRETTES VIDE-GARDE-MANGER

Vous avez acheté trop de laitue ? Vos légumes ont mauvaise mine ? C'est normal que vous n'ayez pas envie de les manger. Mais est-ce une raison pour les gaspiller ? Certainement pas ! Pensez à les enrober d'une délicieuse vinaigrette qui vous permettra de les manger avec appétit.

Les vinaigrettes qui suivent se conservent environ deux semaines au frigo, mais c'est bien rare que je leur résiste aussi longtemps… D'ailleurs, je double mes recettes presque à tout coup ! La préparation est la même pour toutes les recettes : verser les ingrédients dans un bocal et mélanger le tout avec un pied mélangeur ou un fouet. Les quantités peuvent varier, en fonction des goûts.

CANEVAS DE BASE D'UNE VINAIGRETTE À L'HUILE

- 250 ml (1 tasse) d'huile
- 85 ml (⅓ tasse) d'acide (vinaigre, jus de citron…)
- 60 ml (¼ tasse) d'assaisonnements
- 30 ml (2 c. à soupe) de sucrant (facultatif)
- Herbes, épices, sel et poivre au goût (facultatif)

RAFALE D'IDÉES

Inspirez-vous du canevas de base d'une vinaigrette et adaptez-le à vos envies.
Classique : vinaigre balsamique, moutarde de Dijon, sirop d'érable
D'inspiration indienne : vinaigre de cidre, dattes, gingembre, cardamome, curcuma, cumin, coriandre, sauce piquante
D'inspiration marocaine : vinaigre de cidre, miel, dattes, cumin, coriandre, menthe fraîche

SAUCE DRAGON

- 125 ml (½ tasse) de levure alimentaire
- 60 ml (¼ tasse) d'huile
- 30 ml (2 c. à soupe) de sirop d'érable
- 30 ml (2 c. à soupe) de tamari
- 30 ml (2 c. à soupe) d'eau
- Zeste de lime (facultatif)
- 1 gousse d'ail (facultatif)
- 1 morceau de gingembre râpé (facultatif)

VINAIGRETTE D'INSPIRATION ASIATIQUE

- 1 part d'huile neutre (couper avec ¼ part d'huile de sésame)
- ½ part de vinaigre de riz ou de jus de lime
- ¼ part de sucrant
- ¼ part de miso et/ou de tamari
- Zeste de lime

DÉFI

FAIRE LA FÊTE AUX SURPLUS

Lors de la première édition du défi vide-frigo, vous avez été nombreux à me demander des recettes de légumineuses. En plus de mon indispensable canevas de légumineuses à la crème que j'aime cuisiner de façon plus classique, avec des lentilles vertes et des herbes provençales, ou avec une touche exotique, comme sur la photo de la page 113, je cherche toujours des solutions pour varier ma façon de les manger.

J'explore donc avec plaisir les purées de légumineuses. On connaît le légendaire houmous, mais depuis quelque temps, j'ai adopté les frijoles, inspirées des plats mexicains. Quand j'en ai trop, je les utilise comme garniture dans mes repas, comme dans la tarte salée de la page 74. À adopter ! Justement, votre défi consiste à cuisiner les légumineuses en grande quantité et à faire des purées avec les surplus !

LE HOUMOUS

Ajouter ¼ de part de tahini ou de beurre de graines ou de noix et ¼ de part de jus d'agrume à 1 part de légumineuses. Hacher une gousse d'ail ou ajouter une ou deux gousses d'ail confit. Mélanger jusqu'à consistance lisse. Arroser d'huile et assaisonner d'épices, comme le cumin, le cari ou les épices à steak de Montréal. Servir avec des crudités, des croustilles et/ou des morceaux de pain. Garnissez votre houmous de ce qui vous tombe sous la main, pour un résultat délicieux (et pour vider le frigo). Apprenez comment congeler le houmous (voir la page 136) pour éviter de gaspiller les surplus.

LES FRIJOLES MAISON

Dans une casserole à feu moyen-doux, dorer un oignon haché dans du gras. Cuire environ 2-3 minutes. Ajouter l'ail et cuire encore une minute. Ajouter le cumin et la poudre de piment au goût. Ajouter les haricots cuits et bien mélanger. Réduire en purée dans un robot culinaire ou à l'aide d'un presse-purée. Au besoin, ajouter de l'eau tiède ou une boisson végétale non sucrée pour obtenir une purée onctueuse et lisse.

Les légumineuses sèches sont aussi très économiques. Vous pouvez les cuisiner en grande quantité et les congeler pour en avoir toujours à votre disposition les soirs où l'inspiration manque. Les légumineuses se décongèlent rapidement dans l'eau bouillante ou dans le four à micro-ondes.

LES FARINES, LES FLOCONS ET LES SURPLUS DE CÉRÉALES

Inutile d'accumuler les différentes variétés de farines ou de flocons. Vous feriez mieux d'acheter en vrac ce dont vous avez besoin, d'une fois à l'autre, plutôt que d'accumuler de gros sacs qui finiront par être gaspillés. Je parle d'expérience ! Voici donc quelques ingrédients à avoir comme base et des substituts lorsqu'on est en manque de variété.

LA FARINE TOUT USAGE

Pour vos recettes de crêpes ou de gaufres, pour épaissir une béchamel ou cuisiner votre pâte à tarte, cette farine sera votre alliée. Souvent, elle ne contient plus de germes ou de son et est plus légère. Combinez-la avec du babeurre ou du lait caillé, pour un résultat moelleux.

LA FARINE COMPLÈTE OU DE GRAINS

Les choix sont variés entre le sarrasin, l'avoine ou le seigle. Délicieux ajout dans des pains ou des galettes. Ne vous faites pas prendre en remplaçant 100 % de la quantité de farine par ces variétés plus goûteuses. Vous risqueriez de cuisiner une pâtisserie trop dense. Ne substituez que la moitié de la quantité prescrite pour un résultat intéressant.

LES FLOCONS

Depuis quelques années, les flocons d'avoine ont de la compétition. Déjà qu'on ne savait plus lesquels choisir entre les réguliers, les « cuisson rapide » et les « ancestraux » ! Avant de remplir votre bocal de flocons de quinoa ou de sarrasin, au goût très prononcé, ou de ne faire une croustade qu'avec des flocons d'épeautre, je vous suggère de les tester en petites quantités et d'oser les mélanger.

LES GRAINS ET LES PÂTES ALIMENTAIRES

Prenez l'habitude de faire cuire une ou deux variétés de grains et de pâtes alimentaires le dimanche soir pour commencer la semaine avec cette tâche en moins. Il vous suffira de les réchauffer avant de les manger. Vous pourrez conserver les grains cuits jusqu'à sept jours et les pâtes alimentaires un maximum de cinq jours. Depuis que j'ai adopté cette habitude, je gaspille beaucoup moins de féculents.

En manque d'inspiration un soir de semaine ? Improvisez un bol buddha ! Vous n'aurez qu'à remplir un bol de verdure et/ou de grains cuits et à le garnir d'environ cinq ingrédients en parts égales. C'est le moment de liquider les légumes flétris, crus ou cuits, d'ajouter le reste d'une conserve de maïs ou de légumineuse, des herbes flétries, des légumes marinés et une protéine au choix. La vérité, c'est que je mange ce repas plusieurs fois par semaine, sans me lasser, car je n'utilise jamais les mêmes combinaisons d'ingrédients ni les mêmes sauces.

LE RIZ

Les variétés de riz sont multiples. Vous n'avez cependant pas besoin de riz blanc, basmati, arrozo, arborio, collant ou brun sur la même étagère. Prenez plutôt l'habitude d'acheter votre riz en vrac et de varier la quantité d'une semaine à l'autre.

LES GRAINS COMPLETS

Avoine nue, orge, millet, boulgour, quinoa, épeautre… Inutile de tous les avoir à portée de la main, vous risquez d'en préférer un et de délaisser les autres de toute manière. Faites-en des galettes, des pâtés végétariens ou porridges pour varier la façon de les manger.

LES PÂTES LONGUES

Envie d'un peu de variété ? Substituez des nouilles soba ou des vermicelles aux spaghettis. Il est plus difficile d'acheter des vermicelles en vrac, bien que certaines épiceries zéro déchet en offrent. Délicats, les vermicelles peuvent être cuisinés à l'avance, à condition de choisir une sorte qui ne contient pas trop d'amidon. Optez pour les vermicelles de patates douces ou de fèves mungo plutôt que ceux de riz qui figeront en pain.

LES PÂTES COURTES

Les pâtes courtes sont populaires et variées. Avez-vous déjà osé mélanger les différents fonds de sacs ? Non seulement vous éviterez de les gaspiller, mais vous ajouterez un peu d'originalité dans l'assiette ! Assurez-vous par contre que la durée de cuisson est sensiblement la même. Évitez également de mélanger les pâtes à base de différents ingrédients. Les pâtes de riz, de quinoa ou de légumineuses doivent se cuire séparément.

LES CONSERVES

Pratiques pour dépanner, c'est toujours un plus d'avoir deux ou trois variétés de conserves dans la dépense. Le piège est de s'emballer et d'acheter un peu de tout, jusqu'à ne plus connaître son inventaire : conserves d'artichauts, d'olives et de cœurs de palmier ; poissons dans l'eau ou dans l'huile, assaisonnés ou non ; légumes cuits de toutes sortes, etc.

LES POTS DU COMMERCE

Les aliments prêts à manger sont pratiques pour les antipasti improvisés (voir la page 53) ou pour garnir une salade. Envie d'un repas qui sort de l'ordinaire ? Transformez votre conserve de marinades en trempette chaude (voir la page 106). Ayez toujours des conserves de sauces du commerce pour vous dépanner. Ajouter une sauce rosée sur des pâtes ou une sauce tandoori sur une protéine et du riz vous évitera de commander un plat du restaurant. Pratique et économique !

LES CONSERVES DE LÉGUMES

On les ajoute aux sauces à spaghetti ou aux béchamels, mais avouons que leur goût n'est jamais aussi excitant que celui d'un légume frais. Si vous avez l'habitude de garder en réserve betteraves, haricots, macédoines ou maïs, avez-vous déjà évalué la possibilité de faire une « corvée » avec des proches pour les mettre en conserve vous-même ? La différence sera inestimable et vous bonifierez vos recettes en ce qui concerne le goût et la valeur nutritive.

LES CONSERVES DE POISSON

Pratiques pour les sandwichs pressés, l'apéro du vendredi ou les pâtés de poisson. Faites une rotation entre le saumon, le thon, le hareng et la sardine. Attention à la provenance, cependant. Plusieurs variétés de poissons en conserve contribuent à la surpêche draconienne, un réel enjeu pour l'environnement. Pour orienter votre choix, fiez-vous à des sources éprouvées, comme le **classement des conserves de thon durables de Greenpeace Canada** ou l'application **Seafood Watch** du Monterey Bay Aquarium. Repérez un sceau sur l'emballage. Toutefois, les certifications de pêche durable ne sont pas toutes égales. Évitez les pièges du marketing vert, aussi appelé *greenwashing*. En cas de doute, vous feriez mieux de vous tourner vers une solution de rechange végétale. Vous me verrez rarement vous suggérer « de vous priver » mais dans ce cas, c'est un geste important pour la planète.

LES SUCRANTS

Dites-vous une chose : il n'y a rien comme du sucre pour remplacer du sucre ! Un sucre raffiné, du sirop d'érable et du miel seront suffisants pour toutes vos recettes. Vous pourrez compléter avec les fonds de pots de confiture ou de tartinade choco-noisette. Toutefois, pour éviter les ratés, mieux vaut tenir compte de certaines caractéristiques, en gardant en tête que la texture, le goût et l'apparence peuvent varier légèrement.

LE SUCRE RAFFINÉ

Qu'il s'agisse de cassonade ou de sucre blanc, son utilisation est simple et donne d'excellents résultats. Idéal pour réduire en crème avec du beurre, il est donc à prioriser pour les recettes de biscuits ou de pâtisseries, car il lie bien les aliments à la cuisson. À favoriser pour les conserves, les confitures et les marinades.

À savoir : il suffit de 125 ml (½ tasse) de sucre ou de cassonade pour réussir une recette de pâtisserie standard. Il est donc réaliste de réduire jusqu'à la moitié lorsque la quantité demandée est supérieure.

LE MIEL

Le miel est une source de sucre local. Partez à la rencontre d'apiculteurs passionnés autour de chez vous. Vous découvrirez le plaisir de cuisiner le miel. Saviez-vous qu'il a une teneur en sucre plus élevée que le sucre raffiné, bien qu'il contienne beaucoup plus d'eau ? Les différents parfums de miel sont le résultat du butinage des abeilles. À favoriser dans les recettes de gâteaux ou pour les marinades de viande.

Trois quarts de tasse de miel = 1 tasse de sucre blanc, pour un résultat semblable.

LE SIROP D'ÉRABLE

1 tasse de sirop d'érable = 1 tasse de sucre blanc pour un résultat semblable + réduire d'environ ¼ tasse (60 ml) les liquides d'une recette pour éviter qu'elle soit trop mouillée.

À favoriser pour les desserts avec levure, les marinades ou pour arroser une assiette. Le sirop d'érable et ses produits dérivés sont 100 % naturels.

LA CONFITURE

La confiture ajoute beaucoup de parfum aux plats. C'est l'occasion de liquider celles que vous avez moins tendance à étendre sur vos rôties. J'ai pris l'habitude d'ajouter une généreuse cuillerée de confiture à mes marinades, en guise de sucrant. Je suis devenue accro au tofu mariné à la marmelade, miso et huile de sésame, ou à la mayonnaise de confiture de bleuets, zeste de citron et thym. Mes sandwichs sont maintenant bien meilleurs !

1 tasse de confiture = 1 tasse de sucre blanc, pour un résultat semblable.

DÉFI

LIQUIDER LES VIEILLES ÉPICES

Ah, les épices ! On les achète avec enthousiasme, mais une fois à la maison, on fige devant tous ces pots ! Soyons honnêtes, la plupart de nos pots d'épices accumulent la poussière. Ce défi a pour but de vous motiver à liquider tous les fonds de pots d'épices qui s'accumulent depuis des mois… ou des années !

Si l'humidité s'est emparée de vos épices et qu'elles montrent des signes de détérioration, faites-les chauffer pour en retirer un maximum d'humidité. Il sera néanmoins important de les manger rapidement ensuite.

Inutile d'avoir 25 pots différents, préparez-vous des mélanges polyvalents qui pourront être ajoutés à vos repas principaux, trempettes ou vinaigrettes, ou même assaisonner des crudités… Visitez les sites de marchands d'épices pour vous inspirer, en vue d'inventer vos propres mélanges maison.

QUELQUES INSPIRATIONS…

- Indien : curcuma, paprika ou cayenne, cardamome, cumin, coriandre, gingembre.
- Mexicain : paprika, cumin, coriandre, zeste de lime, sel d'ail, origan, sucre.
- Italien : basilic, thym, romarin, origan, paprika, sauge, poudre d'ail.
- Marocain : coriandre, cumin, paprika, curcuma, cannelle.
- Épices à steak de Montréal : poivre, coriandre, aneth, piment, sel, ail et oignons déshydratés.

LE SEL

Le sel est un conservateur, c'est bien connu. Avec les vieilles épices, faites des mélanges d'épices maison. C'est une façon d'assaisonner ses plats en ajoutant de l'umami. J'aime bien le ratio quatre parts d'épices pour une part de fleur de sel, mais si vous avez la dent plus salée, ajustez en fonction de vos goûts.

LA DUKKA

La dukka est une garniture populaire au Moyen-Orient qui transforme la banale bouchée de pain en plaisir gustatif ! C'est un mélange d'amandes, de graines de sésame et d'épices. À mon avis, il est possible d'adapter la dukka à la cuisine zéro gaspi. Vous pouvez liquider les noix et les épices et créer vos mélanges maison.

Une fois le mélange fait, déposez-le dans une assiette à côté de morceaux de pain et d'huile d'olive. Vous n'avez qu'à tremper dans l'huile et ensuite dans le dukka.

CANEVAS DE CAKE OU MUFFINS SALÉS

15 minutes | 25 à 50 minutes | 1 cake ou 12 muffins | jusqu'à 3 mois

INGRÉDIENTS

- 430 ml (1 ¾ tasse) de farine
- 5 ml (1 c. à thé) de poudre à pâte
- 2,5 ml (½ c. à thé) de bicarbonate de soude
- 2,5 ml (½ c. à thé) de sel
- 1 ml (¼ c. à thé) de poivre
- 5 ml (1 c. à thé) de mélange d'épices moulues (facultatif)
- 4 œufs
- 15 ml (1 c. à soupe) de sucrant
- 60 ml (¼ tasse) de gras
- 250 ml (1 tasse) de liquide
- 250 ml (1 tasse) de « saveur de base » (voir la rafale d'idées ci-dessous)
- 250 ml (1 tasse) de fromage, râpé (facultatif)

PRÉPARATION

1. Placer la grille au centre du four. Préchauffer le four à 350 °F (180 °C).
2. Graisser un moule de 12 muffins moyens ou un moule à pain de 21 x 11 cm (8 ½ x 4 ½ po)
3. Dans un bol, mélanger la farine, la poudre à pâte, le bicarbonate de soude, le sel, le poivre et les épices (facultatif). Réserver.
4. Dans un autre bol, mélanger les œufs, le sucrant, le gras et le liquide.
5. Incorporer les ingrédients secs à l'aide d'une cuillère de bois. Bien mélanger, puis ajouter la « saveur de base » et le fromage (facultatif).
6. Portionner le mélange dans le moule à muffins ou étaler dans le moule à pain. Garnir d'aliments vide-frigo si vous en avez, comme du pesto, des garnitures de noix, du fromage ou des restes de légumes.
7. Cuire au four environ 25 minutes pour les muffins ou 50 minutes pour le pain ou jusqu'à ce qu'un cure-dent inséré au centre en ressorte propre.
8. Démouler et laisser refroidir au moins 10 minutes avant de démouler. Servir tiède ou froid.

RAFALE D'IDÉES

Cette recette est très polyvalente ! Pour le liquide, pensez lait, boisson végétale, tofu soyeux, sauce à spaghetti, cari et restes de potages. Pour la « saveur de base », optez pour des légumes râpés ou grillés, des marinades, des antipasti, du bacon, des protéines grillées…

Sur la photo :
artichauts et olives ;
salsa et haricots noirs ;
poulet au beurre,
crème de champignons.

CANEVAS DE CRAQUELINS MAISON

10 minutes | 10 à 15 minutes | nombre variable | pâte crue jusqu'à 2 mois

INGRÉDIENTS

- 250 ml (1 tasse) de farine
- 250 ml (1 tasse) de farine de noix (au besoin, moudre des noix)
- 2,5 ml (½ c. à thé) de sel
- 5 ml (1 c. à thé) d'herbes ou d'épices
- 60 ml (¼ tasse) d'huile ou de pesto
- 125 ml (½ tasse) d'eau
- 60 ml (¼ tasse) de levure nutritionnelle (facultatif)
- 2,5 ml (½ c. à thé) de poudre d'ail ou d'oignon (facultatif)
- Graines pour garniture (facultatif)

PRÉPARATION

1. Placer la grille au centre du four. Préchauffer le four à 400 °F (200 °C).
2. Dans un robot culinaire, mélanger la farine, la farine de noix et le sel.
3. Ajouter l'huile, la levure et l'eau. Assaisonner.
4. Pétrir lentement, jusqu'à la formation d'une boule. Si nécessaire, ajoutez un peu d'eau ou de farine. La pâte doit être malléable et lisse, pas collante ni trop sèche.
5. Placer la boule entre deux feuilles de silicone ou de papier parchemin et rouler jusqu'à environ 2 mm d'épaisseur.
6. Retirer la couche supérieure de papier, saupoudrer de graines et rouler doucement dessus avec le rouleau à pâtisserie pour les presser.
7. Couper la pâte en morceaux de la taille de votre choix et piquer chaque craquelin avec une fourchette pour éviter qu'ils gonflent à la cuisson.
8. Transférer sur une plaque à pâtisserie en gardant la couche inférieure de papier.
9. Cuire au four de 10 à 15 minutes. Laisser refroidir avant de servir. Conserver dans un contenant hermétique, sur le comptoir, jusqu'à une semaine.

RAFALE D'IDÉES

La pâte se congèle très bien. Cuisinez-en plus à la fois et faites des réserves !

Sur la photo :
épices à bagel ;
pesto de tomates et paprika ;
pesto d'herbes.

CANEVAS DE RILLETTES MINUTE

10 minutes | 1 heure | 500 ml (2 tasses) | jusqu'à 6 mois

INGRÉDIENTS

- Gras de cuisson
- 1 petit oignon vert, haché finement
- 500 ml (2 tasses) de protéines ou de légumes, en cubes
- 180 ml (¾ tasse) de vin
- 15 ml (1 c. à soupe) de jus de citron
- 75 ml (⅓ tasse) de crème fraîche, de crème de coco ou de beurre fondu
- 15 ml (1 c. à soupe) d'herbes fraîches (facultatif)
- 15 ml (1 c. à soupe) d'épices moulues au choix (facultatif)
- 120 g (4 oz) de poisson fumé tranché et émincé (facultatif)
- Sel et poivre

PRÉPARATION

1. Faire suer l'oignon dans une poêle graissée.
2. Ajouter les protéines (poulet, poisson, haricots…) ou les légumes (champignons, courgettes, carottes, panais…) et cuire jusqu'à ce qu'ils soient tendres.
3. Dans un robot culinaire, verser tous les ingrédients et bien mélanger jusqu'à l'obtention d'une texture crémeuse. Assaisonner au goût.
4. Couvrir et réfrigérer au moins une heure avant de servir.

DE RIEN !

Vous n'aimez pas le goût de vos rillettes ? Transformez-les en garniture de tortellinis maison ! Ou, encore plus simple, allongez-les avec de la crème ou du lait de coco, ajoutez beaucoup d'herbes fraîches et faites-en une sauce pour garnir une lasagne ou enrober des pâtes.

Sur la photo : poulet et vin rouge ; champignons, herbes et vin blanc.

CANEVAS DE TREMPETTES FROIDES ET CHAUDES

10 minutes | 20 minutes | nombre variable | jusqu'à 4 mois

INGRÉDIENTS

- 1 part de « saveur de base » (voir la « rafale d'idées » ci-dessous)
- 1 part de fromage crémeux
- Le jus et le zeste de 1 citron
- Herbes ciselées, au goût
- Sel et poivre

PRÉPARATION

1. Dans un robot culinaire, déposer tous les ingrédients et pulser jusqu'à l'obtention d'une préparation lisse.
2. Pour les versions végétariennes, cuire dans un four préchauffé à 350 °F (180 °C) pendant une vingtaine de minutes pour ajouter du punch.

RAFALE D'IDÉES

Pour la « saveur de base », essayez les conserves de poisson, les légumes grillés, les marinades (artichauts, olives…) et les surplus de protéines cuites. Utilisez cette trempette en guise de garniture sur un plat de pâtes ou dans une lasagne. Elle est également délicieuse comme base de tarte salée.

Sur la photo :
artichaut et citron ;
saumon fumé et aneth.

CANEVAS DE PÂTÉ VIDE-FRIGO

10 minutes | 30 minutes | 4 à 6 portions | déconseillée

INGRÉDIENTS

- Corps gras
- 1 oignon, haché finement
- Herbes fraîches et épices, au goût
- 2 conserves de poisson de 213 g ou 1 conserve de 540 ml de légumineuses, égouttées
- 500 ml (2 tasses) de légumes bouillis ou de purée de légumes (voir la page 32)
- Herbes fraîches et épices, au goût
- Fromage râpé, au goût
- Chapelure (facultatif)

PRÉPARATION

1. Placer la grille au centre du four. Préchauffer le four à 350 °F (180 °C).
2. Dans une poêle, à feu moyen, dorer les oignons dans un corps gras. Ajouter les épices et poursuivre la cuisson 2 minutes.
3. Dans un saladier, incorporer le poisson ou les légumineuses égouttées dans la purée de légumes. Saupoudrer d'herbes fraîches ciselées. Mélanger délicatement avec une spatule afin de conserver la texture et des morceaux.
4. Déposer la préparation dans un plat graissé. Recouvrir de fromage râpé et de chapelure (facultatif).
5. Cuire environ 25 minutes ou jusqu'à ce que le fromage soit fondu et doré.

RAFALE D'IDÉES

Transformez la préparation crue en galettes en ajoutant un peu de chapelure et en enrobant de panure. Faites cuire au four en suivant les indications de la page 116. Vous pouvez également cuisiner cette recette avec les restes de protéines du souper de la veille !

Sur la photo : purée de chou-fleur de la page 32 et saumon.

CANEVAS DE TORTILLAS TOUSKI

10 minutes | 10 à 15 minutes | nombre variable | jusqu'à 2 mois

INGRÉDIENTS

- 1 part de farine
- 1 part de purée de légumes (voir page 32) ou de légumes trop cuits écrasés
- Sel, au goût
- Assaisonnements (épices, herbes fraîches, zeste)
- 15 ml (1 c. à soupe) de gras par tasse (250 ml) de farine (facultatif)

PRÉPARATION

1. Dans un robot culinaire, déposer la farine et la purée de légumes. Mélanger.
2. Ajouter le sel et les assaisonnements.
3. Mélanger jusqu'à l'obtention d'une pâte bien lisse. Si la pâte est trop collante, ajouter un peu de farine. Il faut que la pâte se détache naturellement des parois du contenant.
4. Transvaser la pâte dans un bol. Laisser reposer la pâte pendant environ 20 minutes, en la recouvrant d'un linge pour éviter qu'elle sèche.
5. Tailler en 6 à 12 morceaux égaux. Former de petites boules de pâte et bien les enfariner pour éviter qu'elles collent au rouleau à pâte.
6. Sur une surface lisse et farinée, rouler pour obtenir une tortilla d'environ 2 mm d'épaisseur.
7. Déposer les tortillas dans une poêle bien chaude et cuire environ 2 minutes de chaque côté, ou jusqu'à ce que de petites bulles d'air apparaissent dans la pâte.
8. Déposer les tortillas dans une assiette et recouvrir d'un linge à vaisselle propre afin qu'elles conservent leur humidité.

Sur la photo : chou-fleur ;
maïs, lime et cumin ;
patate douce et lime ;
chou kale et épices à grillades ;
betterave et pesto asiatique ;
haricots noirs et poivre.

CANEVAS DE LENTILLES À LA CRÈME

10 minutes | 35 à 45 minutes | 6 à 8 portions | jusqu'à 6 mois

INGRÉDIENTS

- Huile pour la cuisson
- 60 ml (¼ tasse) d'oignons, hachés
- 60 ml (¼ tasse) de légumes-racines, en cubes
- 60 ml (¼ tasse) de légumes, en cubes
- 500 ml (2 tasses) de lentilles sèches
- 500 ml (2 tasses) d'eau
- 250 ml (1 tasse) de crème, de boisson végétale ou de lait de coco
- Ail au goût
- 15 ml (1 c. à soupe) d'assaisonnements
- Herbes pour garnir
- Sel et poivre

PRÉPARATION

1. Dans une casserole, faire suer les oignons dans l'huile. Ajouter les légumes et saisir légèrement.
2. Ajouter les légumineuses et l'eau. Saler et poivrer. Couvrir de suffisamment d'eau pour cuire les légumineuses jusqu'à tendreté.
3. Ajouter la crème et poursuivre la cuisson encore une dizaine de minutes, jusqu'à ce que les légumineuses soient bien fondantes en bouche.
4. Servir chaud sur un grain ou en accompagnement d'un morceau de pain naan ou de tortillas maison (voir la page 110).

RAFALE D'IDÉES

Vous avez des surplus de légumineuses à la crème ? Vous pourriez farcir des petites bouchées de pâte feuilletée pour en faire des chaussons. Un vrai délice ! Vous pourriez également transformer les surplus de légumineuses à la crème en potage en y ajoutant un reste de légumes grillés et/ou de purée de légumes, du bouillon, puis en broyant le tout au mélangeur. Cette recette est aussi bonne en formule plus classique (lentilles vertes, herbes de Provence) qu'en version exotique (comme sur la photo).

Sur la photo : lentilles corail, curcuma, gingembre, zeste de lime et coriandre.

CANEVAS DE BURGERS VÉGÉTARIENS

10 minutes | 1 heure | 8 à 12 portions | jusqu'à 6 mois

INGRÉDIENTS

Ingrédients de base

- 1 conserve (540 ml) de légumineuses cuites, rincées et égouttées
- 250 ml (1 tasse) de légumes râpés ou de légumes grillés, hachés en morceaux
- 250 ml (1 tasse) de féculents cuits (riz, quinoa, gruau, millet)

Autres ingrédients

- 1 œuf
- Herbes et épices, au goût
- 60 ml (¼ tasse) de chapelure ou de céréales écrasées
- 2 ou 3 c. à soupe (30 à 45 ml) d'huile pour la cuisson
- 1 gousse d'ail, émincée (facultatif)
- 125 ml (½ tasse) de fromage (facultatif)

PRÉPARATION

1. Verser deux des trois ingrédients de base (légumineuses, légumes ou féculents) dans un robot culinaire et mélanger.
2. Ajouter l'ail, l'œuf, les herbes et le fromage (facultatif). Assaisonner. Pulser plusieurs fois à haute vitesse jusqu'à ce que le mélange soit homogène mais encore légèrement épais. Ajouter la chapelure en fonction de la consistance désirée.
3. Façonner la préparation en burgers d'environ 8 à 10 centimètres de diamètre.

Cuisson au four

- Placer la grille au centre du four. Préchauffer le four à 400 °F (200 °C).
- À l'aide d'un pinceau, couvrir d'huile les burgers. Cuire 12 minutes de chaque côté.

Cuisson à la poêle

- Faire fondre un corps gras à feu moyen et, une fois la poêle bien chaude, déposer 3 à 5 rondelles.
- Cuire 3 à 5 minutes de chaque côté, ou jusqu'à coloration. Utiliser une spatule pour aplatir les burgers.

Sur la photo :
betterave et riz ;
carotte, cari et riz ;
pois, pesto et riz ;
haricots noirs et quinoa.

CANEVAS DE GALETTES TOUSKI

10 minutes | 15 à 20 minutes | 20 à 24 galettes | jusqu'à 3 mois

INGRÉDIENTS

- 750 ml (3 tasses) de farine
- 500 ml (2 tasses) de flocons d'avoine
- 5 ml (1 c. à thé) de poudre à pâte
- 5 ml (1 c. à thé) de bicarbonate de soude
- 2,5 ml (½ c. à thé) de sel
- 5 ml (1 c. à thé) d'épices, au goût (facultatif)
- 375 ml (1 ½ tasse) de noix, en morceaux
- 250 ml (1 tasse) de fruits séchés, en morceaux
- 250 ml (1 tasse) d'huile
- 250 ml (1 tasse) de sucrant
- 60 ml (¼ tasse) de lait
- 5 ml (1 c. à thé) d'essence de vanille

PRÉPARATION

1. Placer la grille au centre du four. Préchauffer le four à 350 °F (180 °C).
2. Tapisser deux plaques de cuisson d'une feuille de silicone ou de papier parchemin.
3. Dans un grand bol, combiner la farine, les flocons d'avoine, la poudre à pâte, le bicarbonate de soude, le sel et les épices. Avec un fouet, bien mélanger.
4. Ajouter les noix et les fruits séchés en morceaux et mélanger avec une spatule.
5. Ajouter l'huile, le sucrant, le lait et l'essence de vanille. Mélanger en prenant soin que la farine soit complètement imbibée par les liquides.
6. À l'aide d'une cuillère à crème glacée, déposer 12 boules par plaque. Écraser légèrement avec la spatule.
7. Cuire de 15 à 20 minutes, ou jusqu'à ce que les galettes soient dorées, mais toujours moelleuses. Laisser refroidir au moins 10 minutes avant de manger.

RAFALE D'IDÉES

J'ai pris l'habitude de remplacer 250 ml (1 tasse) de farine ou de flocons d'avoine par de la poudre d'amande. Délicieux !

DE RIEN !

J'ai essayé cette recette avec de la farine de coco et le résultat était plus friable qu'à l'habitude. J'ai transformé la préparation en crumble pour une croustade sucrée (voir la page 120 – divine croustade de poires). En deuxième option, vous pourriez utiliser le mélange en guise de croustillant pour des muffins ou un gâteau.

Sur la photo : mélange d'amandes du commerce et d'abricots.

CANEVAS DE BISCUITS TOUSKI

10 minutes | 15 à 20 minutes | 12 biscuits | jusqu'à 3 mois

INGRÉDIENTS

- 500 ml (2 tasses) de farine tout usage
- 5 ml (1 c. à thé) de bicarbonate de soude
- 2,5 ml (½ c. à thé) de sel
- 375 ml (1 ½ tasse) de touski salé, émietté grossièrement
- 375 ml (1 ½ tasse) de touski sucré, émietté grossièrement
- 250 ml (1 tasse) de gras solide (beurre, huile de coco, margarine)
- 250 ml (1 tasse) de sucrant
- 5 ml (1 c. à thé) d'essence de vanille
- 2 œufs

PRÉPARATION

1. Placer la grille au centre du four. Préchauffer le four à 350 °F (180 °C).
2. Tapisser une plaque à biscuits d'un papier parchemin ou d'une feuille de silicone.
3. Dans un petit bol, mélanger la farine, le bicarbonate de soude et le sel. Ajouter les garnitures touski. Réserver.
4. Dans un grand bol, crémer le gras avec le sucrant. Ajouter la vanille et les œufs. Mélanger à nouveau jusqu'à ce que le tout soit homogène.
5. À l'aide d'une cuillère de bois, verser le petit bol dans le grand et mélanger.
6. Façonner en 12 petites boules à biscuits. Déposer au frigo environ une heure pour que le gras fige.
7. Cuire environ 15 minutes ou jusqu'à ce que les biscuits soient dorés.

RAFALE D'IDÉES

Ces biscuits sont parfaits pour vider les fonds de sacs ! Croustilles nature, bretzels, graines et noix font un super touski salé. Pour le touski sucré, attrapez fruits séchés, pépites de chocolat ou de caramel et restes de bonbons d'Halloween !

Sur la photo : bretzels et chocolats d'Halloween.

CANEVAS DE CROUSTADE SUCRÉE

15 minutes | 35 à 45 minutes | 4 à 6 portions | 3 mois, crue

INGRÉDIENTS

Croustillant

- 250 ml (1 tasse) de flocons d'avoine
- 60 ml (¼ tasse) de farine
- 60 ml (¼ tasse) de sucrant
- 85 ml (⅓ tasse) de corps gras
- 15 ml (1 c. à soupe) d'épices à tarte à la citrouille (facultatif)

Garniture

- 6 gros fruits, pelés et coupés en dés ou 500 ml (2 tasses) de baies
- 15 ml (1 c. à soupe) de jus de citron
- 125 ml (½ tasse) de sucrant
- 15 ml (1 c. à soupe) d'essence de vanille
- 15 ml (1 c. à soupe) de fécule (facultatif)
- Épices au goût (facultatif)

PRÉPARATION

1. Placer la grille au bas du four. Préchauffer le four à 350 °F (180 °C).
2. Dans un bol, mélanger tous les ingrédients du croustillant. Réserver.
3. Dans un autre bol, enrober les fruits de la garniture avec le jus de citron et les épices. Ajouter le sucrant, l'essence de vanille et la fécule (facultatif) et bien mélanger.
4. Répartir dans un plat de cuisson carré de 20 cm (8 po) ou une assiette à tarte. Couvrir de croustillant.
5. Cuire au four 35 à 45 minutes ou jusqu'à ce que le croustillant soit bien doré. Laisser tiédir sur une grille.

RAFALE D'IDÉES

Utilisez les surplus de galettes touski (voir la page 116) pour un croustillant plus gourmand !

DE RIEN !

Je vous suggère d'utiliser la fécule pour tous les fruits juteux. Le liquide s'épaissira et la croustade sera bien plus agréable à manger.

Sur la photo : croustade aux mûres et épices de tarte à la citrouille ; croustade de poires et garniture de « galettes touski » de la page 116.

CANEVAS DE TARTES SUCRÉES

PÂTE Nº 1 : LA PÂTE BRISÉE

10 minutes — 3 mois, crue

Rendement : Pour deux tartes composées d'un fond et d'un dessus + 1 fond de trottoir aux fruits

INGRÉDIENTS

- 1,25 litre (5 tasses) de farine
- 2,5 ml (½ c. à thé) de sel
- 575 ml (2 ⅓ tasses) de corps gras solide
- 1 œuf (facultatif)
- 125 ml (½ tasse) d'eau froide
- 15 ml (1 c. à soupe) de vinaigre

PRÉPARATION

1. Dans un grand bol ou un robot culinaire, mélanger la farine et le sel. Incorporer le corps gras dans la farine afin d'obtenir une texture granuleuse. Ajouter l'œuf (facultatif) puis l'eau graduellement en mélangeant à l'aide d'une spatule. Ajouter de l'eau au besoin, une cuillerée à la fois, juste assez pour que le mélange se tienne lorsqu'on le presse entre les doigts. Éviter de trop mouiller la pâte.
2. Sur un plan de travail fariné, abaisser la pâte et déposer sur une assiette à tarte. Couvrir et réfrigérer au moins 30 minutes, avant de garnir. Congeler les surplus de pâte. Cuire la tarte congelée.

PÂTE Nº 2 : LA CROÛTE AUX NOIX

5 minutes — possible, mais il faudra la faire griller au four avant de la regarnir pour faire ressortir les arômes

Rendement : Pour une tarte d'environ 25 centimètres (10 pouces)

INGRÉDIENTS

- 250 ml (1 tasse) de noix crues, non salées
- 250 ml (1 tasse) de fruits séchés
- 15 ml (1 c. à soupe) d'huile
- Une pincée de sel (facultatif)

PRÉPARATION

1. Dans un bol, réhydrater les fruits séchés dans l'eau froide pendant 5 minutes. Filtrer l'eau.
2. À l'aide d'un robot culinaire, broyer les noix.
3. Couper grossièrement les fruits séchés, puis les ajouter au mélange de noix, avec l'huile et une pincée de sel (facultatif). La texture devrait être friable, mais collante.
4. Transvaser dans le moule à tarte. Appuyer fermement sur le mélange afin de former une croûte d'un maximum de 1 centimètre d'épaisseur.
5. Garnir d'une préparation de yogourt et de fruits, ou de crème glacée. Congeler et servir.

RAFALE D'IDÉES

La croûte aux noix est délicieuse crue, pour les tartes véganes et sans gluten, à base de yogourt végétal et de garniture de fruits. Remplacer ¼ de part de fruits séchés par de l'huile de coco pour un goût plus riche, mais moins sucré.

Vous n'avez pas le temps de cuisiner une pâte à tarte ? Vous pouvez utiliser du pain tranché ! Aplatir les tranches de pain avec un rouleau à pâtisserie. Retirer les croûtes du pain tranché si désiré. Faire fondre un corps gras dans un bol. Ajouter le sucrant et les épices (s'inspirer de la recette de croustade sucrée), puis mélanger. Verser la préparation sur la tranche de pain. Placer sur une plaque à pâtisserie. Cuire au four pendant 15 minutes.

Sur la photo : croûte aux noix aux abricots et mélanges d'amandes sucrées.

CANEVAS DE GÂTEAU AUX ÉPICES ET AUX LÉGUMES

10 minutes | 35 à 55 minutes | 1 bûche ou 12 muffins | jusqu'à 6 mois

INGRÉDIENTS

Gâteau

- 375 ml (1 ½ tasse) de farine
- 5 ml (1 c. à thé) de poudre à pâte
- 5 ml (1 c. à thé) de bicarbonate de soude
- 15 ml (1 c. à soupe) d'épices (facultatif)
- 125 ml (½ tasse) de noix hachées, grillées, ou de fruits séchés (facultatif)
- 170 ml (⅔ tasse) de corps gras
- 3 œufs
- 250 ml (1 tasse) de sucrant
- 500 ml (2 tasses) de légumes râpés
- Zeste et jus de 1 agrume
- 5 ml (1 c. à thé) d'essence de vanille

Glaçage

- 250 ml (1 tasse) de fromage à la crème, tempéré
- 125 ml (½ tasse) de sucre en poudre
- Zeste et jus de 1 agrume
- Noix grillées, hachées grossièrement

PRÉPARATION

1. Placer la grille au centre du four. Préchauffer le four à 350 °F (180 °C).
2. Dans un bol, mélanger les ingrédients secs.
3. Dans un autre bol, battre le corps gras, les œufs et le sucrant. Ajouter les légumes râpés, le zeste et le jus d'un agrume ainsi que la vanille.
4. Incorporer les ingrédients humides dans les ingrédients secs. Une fois le mélange bien homogène, verser dans un moule à gâteau.
5. Cuire environ 55 minutes pour un pain ou 35 minutes pour des muffins.
6. Pendant ce temps, fouetter le fromage à la crème jusqu'à ce qu'il soit léger et crémeux. Ajouter le sucre en poudre ainsi que le zeste et le jus d'agrume. Fouetter quelques minutes.
7. Étendre le crémage sur le gâteau refroidi et garnir de noix grillées.

RAFALE D'IDÉES

N'ayez pas peur de tester différents légumes dans cette recette. J'ai eu du succès avec les carottes, les betteraves, les panais, les patates douces, les courges, les courgettes et la rhubarbe.

Sur la photo :
carottes, pacanes et orange ;
betteraves, amandes et abricots ;
panais et épices de tarte à la citrouille ;
courgettes et chocolat blanc.

CANEVAS DE BARRES D'ÉNERGIE

15 minutes 35 minutes 12 à 18 barres jusqu'à 3 mois

INGRÉDIENTS

- 170 ml (⅔ tasse) de fruits séchés
- 125 ml (½ tasse) de noix grillées
- 250 ml (1 tasse) de flocons d'avoine
- 125 ml (½ tasse) de farine de noix (au besoin, moudre des noix)
- 1 pincée de sel
- 5 ml (1 c. à thé) d'épices moulues (cannelle, cardamome, gingembre, curcuma)
- 1 pincée de sel
- 250 ml (1 tasse) de beurre de noix ou de graines
- 120 ml (½ tasse) de sucrant liquide (sirop ou miel)
- 5 ml (1 c. à thé) d'essence de vanille (facultatif)
- Le zeste de 1 agrume (facultatif)

PRÉPARATION

1. Placer la grille au centre du four. Préchauffer le four à 350 °F (180 °C).
2. Dans un bol, réhydrater les fruits séchés dans de l'eau froide pendant 5 minutes. Égoutter l'eau.
3. Dans un robot culinaire, mélanger les noix et les fruits séchés. Ajouter les flocons d'avoine, la farine de noix et le sel. Au goût, ajouter les épices et le zeste (facultatif). Mélanger à nouveau.
4. Ajouter le beurre de noix, le sucrant et l'essence de vanille (facultatif). Mélanger.
5. Tapisser un plat de cuisson de 23 x 23 cm (9 x 9 po) de papier parchemin et y transférer le mélange. Compacter le mélange avec les mains ou à l'aide d'un poids.
6. Cuire 30 à 35 minutes ou jusqu'à ce que le dessus soit légèrement doré.
7. Laisser refroidir pendant 5 minutes, puis retirer du plat de cuisson. Tailler les morceaux sur une planche sans les séparer. Laisser refroidir complètement avant de manger. Conserver dans un contenant hermétique environ 3 jours sur le comptoir ou 7 jours au frigo.

Sur la photo :
Style Key lime pie : dattes, noix de coco, farine de coco, zeste de lime.
Orangé : abricots, noix de cajou, curcuma et farine d'amande.
Foncé : abricots, noix de Grenoble, cacao, tahini, cannelle et cardamome.

Chapitre 4

LE CONGÉLATEUR

Si votre congélateur déborde, c'est signe que vous avez de bons réflexes. Avant de gaspiller, vous pensez à congeler. Bravo ! Mais l'accumulation peut devenir un enjeu. Remplir le congélateur est rarement un problème, mais le vider semble toujours plus laborieux… Lorsqu'on ne sait plus ce qui s'y cache, et depuis combien de temps, on a tendance à jeter « pour ne pas prendre de chance ». C'est dans ce chapitre que cette fâcheuse habitude se transformera. L'idée est que le congélo devienne le premier arrêt avant d'aller faire les courses. Grâce à lui, vous sauterez peut-être une semaine ou deux d'emplettes par saison. Vous ferez des économies et vous mangerez mieux. Je m'apprête à vous présenter mes meilleurs trucs pour que vous découvriez le plaisir de cuisiner avec ces trouvailles décongelées.

UN ALLIÉ SOUS-ESTIMÉ

Finis les congélateurs tombeaux ! Le congélateur doit devenir votre premier arrêt avant d'aller faire les courses. Cette nouvelle habitude changera complètement votre vie. Vous aurez un meilleur roulement et éviterez d'accumuler des aliments qui ne seront jamais consommés. En plus de réduire votre gaspillage, vous ferez de grandes économies. Ensemble, mettons à l'épreuve nos mauvais réflexes et trouvons des solutions accessibles et gourmandes.

CONGELER AVANT DE JETER

Allez faire un tour dans le frigo et repérez tout ce que vous ne mangerez pas assez rapidement. Aux pages 134 et 135, vous trouverez une liste de tous ceux qui se congèlent et que vous pourrez portionner pour d'éventuelles recettes. Que faire avec les autres ? Cuisinez-les ! Mieux vaut transformer un aliment et le congeler que de le congeler en fin de vie et se faire croire qu'on va le remanger dans quelques semaines. C'est une habitude que j'ai adoptée depuis des années et elle me permet de décongeler des petits plats maison par soir de grande fatigue, où je serais tentée de commander de la nourriture pour m'accorder un répit.

N'oubliez pas que c'est toujours moins long de mettre au four un plat maison congelé que d'attendre sa livraison du resto ! Et ça ne sera pas moins appétissant ! Et pour preuve, la majorité des recettes photographiées dans ce livre ont été cuisinées et congelées une ou deux semaines avant la séance photo. L'auriez-vous deviné si je ne vous l'avais pas dit ?

FAITES DES RÉSERVES

Le congélateur permet d'acheter en plus grande quantité (et donc de bénéficier de rabais au volume) et de stocker des aliments. En saison, faites des réserves de fruits et de légumes locaux. En plus de profiter des saveurs d'ici, vous diminuerez considérablement votre empreinte carbone en réduisant vos achats d'aliments ayant voyagé des milliers de kilomètres pour se rendre à votre assiette.

Une grande question existentielle m'est souvent posée : « Combien de temps pouvons-nous congeler les aliments ? » Ah, la période de conservation au congélo... Personnellement, je n'aime pas parler de cette recommandation pour la simple et bonne raison qu'on devrait congeler pour manger, pas pour stocker ! Je vous conseille donc de faire des petites réserves. Si ça fait plus de quatre mois que ça traîne dans le congélateur, c'est plus que dû ! (À l'exception des aliments de saison, comme les fruits et les légumes, ou les viandes de gibier.) Tous les trimestres, je vous lance le défi de vider le congélateur. Offrez-vous une petite semaine sans achat ou, du moins, pendant laquelle vous n'irez à l'épicerie que pour l'essentiel. Vous prendrez assurément plaisir à cuisiner ce qui se cache dans le congélateur et qui n'attend que vous.

UNE DÉCONGÉLATION SÉCURITAIRE

On se pose souvent des questions sur la décongélation : « Est-ce mieux de décongeler sur le comptoir, au micro-ondes ou dans l'eau chaude ? Et que faire avec les restes ? Peut-on les recongeler ? »

Les bactéries adorent la chaleur et c'est entre 4 et 60 °C que la petite fête devient complètement hors de contrôle. Leur multiplication dans un aliment se fait à un tel rythme entre ces températures qu'après une période de deux heures, il est recommandé de ne pas le consommer.

Pour s'éviter quelques mésaventures ou un gaspillage inutile des aliments, mieux vaut opter pour une technique de décongélation sécuritaire. Voici trois options :

1. Décongeler lentement, mais sûrement… au frigo ! C'est la technique la plus longue, mais également la plus sécuritaire. Congeler vos aliments en petites portions évitera le gaspillage, et aussi une période de décongélation interminable.
2. Plonger le contenant ou le sac de congélation dans un bassin d'eau froide en s'assurant que l'aliment est bien submergé. Le plus important sera de vous assurer que l'eau demeure bien froide et surtout de ne pas oublier votre aliment au fond de l'évier.
3. Le micro-ondes peut être utilisé pour la décongélation à condition de cuire l'aliment immédiatement après sa décongélation.

Sur la photo :
Lanières de mangues accompagnées de gingembre râpé.

DÉFI

DÉCOUVRIR LE GINGEMBRE LOCAL

Depuis que j'achète du gingembre local, je suis incapable de manger celui de l'épicerie ! Fini les racines ratatinées et filandreuses qui se retrouvent au compost ! Je vous lance le défi de ne manger que du bon gingembre d'ici.

Comme il est offert dans les kiosques fermiers et les marchés publics en août, j'en achète toujours beaucoup et je le conserve dans un sac au congélateur, en prévision de la saison froide. C'est, à mon avis, un des meilleurs investissements de l'été !

Au retour du marché, nettoyez délicatement les racines de gingembre avec de l'eau tiède et frottez-les avec une brosse à légumes. Assurez-vous de bien les éponger, afin d'éviter que des cristaux recouvrent le gingembre lors de la congélation.

Contrairement au gingembre de l'épicerie, le gingembre local fraîchement cueilli a une peau fine et délicate. Facile à cuisiner, vous pourrez donc le manger à 100 %. J'ai pris l'habitude de cuisiner mon gingembre congelé, en le râpant avec un zesteur ou une microplane au-dessus de mes plats. Congelé, le gingembre se râpe comme un charme ; sa fine peau n'est pas coriace.

Si vous tombez sur une racine plus vieille, avec une peau plus épaisse, cette dernière se séparera naturellement au moment de la zester. Ajoutez-la dans un sac à bouillon ! Vous pourriez également transformer les vieilles racines de gingembre en purée passe-partout, bien pratique pour faciliter la préparation des repas.

Comment faire de la purée de gingembre ? Dans le moulin à épices, je dépose des morceaux de gingembre frais ou décongelés. J'ajoute du zeste de lime et de l'huile. Parfois, j'en fais aussi avec de l'ail, histoire d'avoir une purée au dosage parfait. Je recouvre la préparation d'huile pour bloquer tout contact avec l'air qui pourrait la faire moisir trop vite. Cette purée peut être congelée en petits cubes qu'on peut rapidement ajouter aux recettes l'hiver.

Si vous n'avez pas accès à du gingembre local, prenez tout de même l'habitude de congeler les racines achetées à l'épicerie. Elles se conserveront bien plus longtemps et il deviendra impossible de les gaspiller !

LES ALIMENTS QU'ON NE PENSAIT PAS POUVOIR CONGELER

Ma liste des aliments qu'on peut congeler vous surprendra assurément, mais gageons qu'elle vous fera sauver plusieurs aliments !

LES TOMATES ENTIÈRES

Rien de plus simple que de congeler une tomate entière. Pas besoin de la laver, il suffit simplement de faire une petite incision en x avec un couteau d'office. Lorsque vous en aurez besoin, vous n'aurez qu'à la passer sous un filet d'eau tiède et la peau se détachera comme par magie. Ajoutez les tomates congelées à vos sauces, à vos soupes ou dans un mijoté.

LES AVOCATS

Rien de plus choquant que de gaspiller un avocat, mais n'hésitez pas à en acheter un sac ! Oui, oui ! Le truc est de réserver les avocats bien mûrs pour une recette rapide et de congeler les surplus, à moins qu'ils ne soient trop verts. Il est conseillé de les congeler sur une plaque à biscuits. Après quelques heures, transférez-les dans un sac à congélation ou un contenant hermétique. Vous pourrez utiliser les avocats pour cuisiner votre recette de guacamole, en faire une vinaigrette crémeuse ou ajouter de l'onctuosité à votre smoothie.

LE TOFU

J'ai toujours un bloc ou deux de tofu et de tempeh dans le congélo pour les soirs où je n'ai pas envie de me casser la tête. Ne vous fiez pas à sa couleur, lorsqu'il est congelé. Selon la marque achetée, le bloc de tofu pourrait virer au jaune, moins appétissant, mais il reprendra sa couleur initiale une fois décongelé. Sa texture changera, cependant, rappelant celle du poulet cuit. Elle sera plus spongieuse et absorbera mieux les marinades et les corps gras.

LES PRODUITS LAITIERS

Bonne nouvelle : tous les produits laitiers se congèlent. Plus de raison de gaspiller crème sure, lait ou fromage ! Certains produits offriront cependant un meilleur résultat que d'autres. Tout dépend de leur qualité, de la quantité de gras et de l'utilisation que vous désirez en faire. Certains fromages deviendront plus friables, donc parfaits pour les gratins. Et les fromages crémeux ? Je les utilise pour les sauces, ou pour faire des plats de fromages fondus, garnis au touski. Certains produits décoagulent en décongelant, un processus normal. Parfois, comme pour les crèmes sures ou les crèmes à fouetter, il suffit de bien les mélanger pour qu'ils retrouvent leur texture initiale.

LES ŒUFS

S'il est déconseillé de congeler les œufs cuits durs, les œufs frais, eux, se congèlent très bien, surtout séparés. Il est également possible de congeler l'œuf entier, à condition qu'il ait été préalablement fouetté. Attention, vous devez consommer les œufs décongelés dans les 24 heures, question de salubrité. En panne d'idée ? Pensez à les intégrer dans des omelettes, des quiches, des sautés frits ou des burgers.

LES LÉGUMINEUSES CUITES

Cuisinez toujours le double de la quantité de légumineuses et congelez les surplus dans des moules à muffins ou dans de petits contenants. Rapides à décongeler, elles seront appréciées pour assembler un bol, une salade ou garnir une soupe. Envie de varier votre sandwich ? Transformez les légumineuses décongelées en salades à tartiner, en vous inspirant de canevas de salades aux œufs, au jambon ou au poulet. Ajoutez de la mayonnaise, des cubes de légumes et des assaisonnements. C'est votre chance de cuisiner les vieux céleris flétris et les fonds de pots d'olives !

LE HOUMOUS

Le houmous maison est rapide à cuisiner, polyvalent et se congèle ! J'aime bien décongeler une recette de base, maison ou du commerce, pour ensuite l'assaisonner avec les surplus de légumes du frigo. Si j'en décongèle trop, j'utilise le houmous comme liant dans un plat de pâtes, comme base de vinaigrette ou comme garniture dans une tarte salée (voir la page 74). Une belle façon d'ajouter de l'onctuosité aux plats !

LE VIN

Une bouteille de vin vous regarde sur le comptoir ou dans la porte du frigo depuis quelques jours ? C'est l'occasion de la congeler ! Portionnez le restant en glaçons ou dans de petits contenants qui seront pratiques pour déglacer des recettes. Souvent, je taille plus de légumes que je fais mariner dans un peu de vin qui décongèlera pendant la journée. Le soir, les légumes seront bien imbibés d'alcool et parfaits pour une cuisson au gril ou à la poêle.

LES SURPLUS DE BISCUITS

La congélation de la pâte à biscuits crue est courante, mais saviez-vous que vous pouvez également congeler les biscuits cuits ? Pratiques pour les lunchs rapides ou pour impressionner la visite qui se pointe à l'improviste ; il vous suffira de les laisser décongeler sur le comptoir quelques minutes avant de servir. Vous pouvez également les transformer en sandwichs à la crème glacée. Un vrai petit régal !

LES CRÊPES, LES GAUFRES, LES PANCAKES ET LES PAINS DORÉS

On achète les gaufres du commerce congelées, mais qui pense à en cuisiner à l'avance ? Prenez l'habitude de doubler votre recette de crêpes, de gaufres, de pancakes ou de pains dorés. Cuisinez-en plus pour congeler les surplus. Les trois derniers pourront être réchauffés au grille-pain, alors que le premier ne prendra que quelques minutes à réchauffer à la poêle.

ANATOMIE D'UN CONGÉLATEUR BIEN RANGÉ

L'organisation du congélateur est essentielle pour s'y retrouver. Certains dresseront une liste sur papier, mais un choix judicieux d'ingrédients devrait suffire pour vous permettre de toujours avoir quelque chose à cuisiner, peu importe l'inventaire. Dans cette section, je vous présenterai mes idées pour toujours avoir de quoi manger.

Pour maximiser l'efficacité du congélo et mieux optimiser nos réserves, il faut savoir bien le ranger. Contrairement au frigo, un congélateur doit être rempli au maximum de sa capacité. La raison ? Chaque ouverture de la porte fait pénétrer l'air chaud. Donc remplir le congélo est une solution brillante, puisqu'on laisse moins d'espace pour que l'air chaud s'y glisse. Mais là n'est pas le problème. Je me doute qu'il existe plus de congélos surchargés que vides. Alors, on commence par où pour s'y retrouver ?

BIEN IDENTIFIER

Sortez ruban adhésif et crayon indélébile ! Il est très important d'identifier le contenu de votre congélateur en inscrivant la date de congélation sur le contenant. Cela vous permettra d'assurer un bon roulement d'inventaire.

ATTRIBUER UNE ZONE POUR CHAQUE CATÉGORIE D'ALIMENTS

Attribuer des zones de rangement est la solution pour éviter d'oublier ce qui s'y trouve et, surtout, de trop acheter. Vous pouvez séparer l'espace en quatre grandes catégories.

1. **Les protéines :** j'ai pris l'habitude d'avoir toujours en réserve un bloc de tofu, du tempeh, deux variétés de poissons, des crevettes et une protéine animale. J'ajoute au lot des dumplings, mon repas de dépannage favori. Lorsque cette zone est pleine, c'est signe que je peux m'accorder quelques jours vide-congélo avant d'aller faire des courses.
2. **Les réserves de fruits et de légumes :** je les achète souvent en saison et j'en fais de grandes réserves. Petits fruits, racines de gingembre local, cubes de légumes frais… En conservant ainsi les légumes locaux, je m'assure de consommer des aliments cueillis à maturité, plus goûteux et ayant moins voyagé. Je participe également à l'économie locale. Hors saison, je fais également des réserves d'aliments exotiques. Par exemple, l'hiver, en pleine

saison des agrumes, je fais sécher des zestes et je presse des cubes de jus de citron et de lime pour éviter de les acheter lorsqu'ils sont hors de prix.

3. **Les plats préparés:** les surplus de potages ou de soupes, les lasagnes et les mijotés sont tous des repas pratiques à décongeler pour les soirs où la motivation nous manque. Prenez l'habitude de portionner en petites quantités, car un plat décongelé n'est jamais très appétissant pour plusieurs repas. Vous feriez mieux de décongeler deux ou trois portions que de gaspiller la moitié d'un repas.
4. **Les touski:** s'il reste de l'espace, j'aime bien ajouter une zone à surplus pour y déposer tous les aliments à consommer en priorité. Mon attention est naturellement dirigée vers cette mine d'inspiration qui m'évite de gaspiller. Surplus de lait, de sauce, de gâteau, de pain, glaçons de pâte de tomates… La zone « petites quantités de tout et de rien » est celle que je préfère, car c'est là que je fais les plus belles trouvailles qui me permettent de bonifier mes repas sans me casser la tête.

VÉRIFIER LA TEMPÉRATURE

Pensez à vérifier la température de votre congélo, qui doit idéalement se situer autour de -18 °C. Une fois par mois, faites une vérification et profitez-en pour repérer les aliments qui sont recouverts d'une couche de glace ou qui sont congelés depuis trop longtemps. Déplacez-les dans la zone touski.

ÉVITER LES PIÈGES DE LA FACILITÉ

Lorsque vient l'étape de congeler les surplus, nous sommes souvent tentés d'opter pour la facilité. Dans un premier cas, on congèle les plats encore chauds, ce qui réchauffe le congélateur et peut compromettre la conservation des aliments qui l'entourent. Dans un deuxième temps, on congèle directement dans l'emballage d'origine du commerce, mais la plupart du temps, les pellicules de plastique utilisées en épicerie sont souvent trop fragiles, facilement perforables et pas assez imperméables à l'air. Il est essentiel de transférer ces aliments dans des contenants conçus pour la congélation. À partir de maintenant, on prend le temps de faire refroidir les plats et de transvider dans de meilleurs contenants pour s'assurer de conserver adéquatement les surplus.

QUELS CONTENANTS CHOISIR ?

Pour un rangement efficace, les aliments devraient être empilés comme dans un jeu de Tetris, dans des contenants ou des sacs réutilisables compacts. L'offre est variée sur le marché et il faut savoir lesquels choisir en évitant de trop les remplir, puisque les aliments prennent de l'expansion en congelant.

CONTENANTS RÉUTILISÉS

Les pots à crème glacée ou les sacs refermables de fruits et de légumes congelés sont conçus pour la congélation et parfaits pour plusieurs utilisations. Certaines compagnies affichent un sceau de sécurité pour l'utilisation répétée. Bien qu'ils soient faciles à nettoyer, vous devez prêter attention aux signes de détérioration, comme l'apparition de taches d'usure ou de fissures.

CONTENANTS DE PLASTIQUE

Assurez-vous que les plastiques choisis sont solides et non cassants puisqu'ils seront en contact avec le froid. Idéalement, choisissez du plastique plus malléable que rigide. Vérifiez également que le couvercle ne se déformera pas après plusieurs jours sous zéro.

CONTENANTS DE VERRE

Que celui qui n'a jamais fait exploser un bocal de verre me lance la première pierre ! Haha ! je blague, mais avouez que les bocaux qui paraissent si pratiques sont souvent plus capricieux qu'on le soupçonnait. La raison est bien simple : on cherche à trop les remplir. Contrairement au plastique, qui peut s'étirer avec l'expansion du contenu congelé, le verre, lui, aura tendance à exploser, surtout si vous avez oublié de retirer le surplus d'air à l'aide d'une spatule. Les bocaux de verre sont d'excellentes options durables, mais il faut laisser au moins un centimètre d'espace sous le rebord.

SACS À CONGÉLATION

Mes préférés pour conserver fruits, légumes, pains, fruits de mer, retailles de bouillons, etc. Je choisis ceux fabriqués à la main localement et doublés d'un tissu plastifié de grade alimentaire. Je suis tellement convaincue que j'en ai même fait faire pour ma boutique flonette.com. Je peux désormais empiler les réserves les unes sur les autres en économisant un maximum d'espace.

Freezing Zone
Fish & Meat
Freezing Zone
Fish & Meat
Flonette
Freezing Zone

DÉFI

PRÉPARER DES BOUILLONS EXPRESS

Les bouillons de carcasses et d'épluchures sont dans le top 3 des premières recettes zéro gaspi testées par les nouveaux adeptes du mouvement (avec les sirops d'épluchures et les pestos de fanes de carottes !). Leur réalisation est simple. Dans un premier temps, prenez l'habitude de conserver les carcasses et les épluchures nettoyées dans un sac ou un contenant prévu à cet effet. Accumulez-les afin d'en avoir suffisamment pour remplir une grande casserole de 10 litres.

PRÉPARATION

1. Il suffit de couvrir d'eau et d'assaisonnements des retailles d'aliments et de laisser mijoter jusqu'à l'infusion désirée. Personnellement, j'opte toujours pour une infusion lente et longue plutôt qu'un fort bouillon rapide.
2. Filtrer le bouillon et laisser tiédir. Avant de jeter les retailles, faites le tri de celles qui pourraient être consommées. Les verts de poireau seront tendres et confits, le bout de gingembre pourra être écrasé en purée, alors que les pieds de céleri cuits feront de délicieux assaisonnements pour des recettes minute.

C'est sensiblement la même chose pour cuisiner un bon bouillon de légumes savoureux. Certains grands chefs vous conseilleront de faire griller les carcasses et les épluchures avant de les cuisiner, mais j'opte plutôt pour l'efficacité. Le secret est dans les assaisonnements. Salez généreusement et osez les aromates.

D'ailleurs, c'est le moment de passer les tiges de vos herbes ! J'ai même pris l'habitude de préparer de petits contenants thématiques. Par exemple, les queues de crevette, les tiges de basilic thaï, les épluchures de gingembre, les peaux d'ail et les feuilles de lime kaffir seront destinées à un bouillon d'inspiration asiatique. Les retailles de patate douce, les chapeaux de tomate, les morceaux de gingembre flétris, les bâtons de cannelle, l'anis étoilé et les tiges de coriandre offriront quant à eux un bouillon d'inspiration indienne.

Vous n'en avez pas en assez grande quantité pour infuser un bouillon ? Ajoutez les retailles à la cuisson de vos grains. Envie d'un peu d'onctuosité ? Remplacez la moitié de l'eau par du lait de coco. Je vous garantis des grains des plus savoureux. Vous pourriez également ajouter quelques épluchures dans l'eau de cuisson de vos légumineuses, ou faire une petite quantité de bouillon pour une sauce *gravy*.

LES INGRÉDIENTS QUI DÉPANNENT

Quelques ingrédients vous permettront de toujours trouver de quoi cuisiner, mais surtout, de ne plus gaspiller. Ces aliments sont les maîtres de l'improvisation. Un peu de ci, plus de ça ; laissez votre créativité s'exprimer, même quand « il n'y a rien à manger ». Avec ces bases du congélateur, vous inventerez les meilleurs repas !

LES PROTÉINES MARINÉES

Quand j'étais cantinière, j'aimais acheter en gros pour profiter des aubaines. En rentrant, je divisais les protéines en portions que je faisais mariner et congeler. Ainsi, lorsque je manquais de temps, je n'avais qu'à décongeler une base de viande, de poisson ou de protéine végétale, à cuire un grain et à compléter avec un légume. C'est maintenant le moment d'enrober la poitrine de poulet de surplus de sauce césar achetée en gallon, de vider le pot de moutarde ou de relish en les mélangeant avec un sucrant et des aromates, ou de faire tremper le tofu quelques minutes dans la saumure de feta avant de le congeler !

MARINADE MINUTE AUX FONDS DE SAUCES

À l'époque, j'avais un *hit*, un canevas de recette parfait pour vider les fonds de bouteilles de sauce piquante !

Dans un grand bol, il suffit de mélanger ail haché, feuilles de coriandre, graines de sésame et zeste de lime. Les quantités sont au goût. On ajoute ensuite les liquides, en parts égales : une huile neutre, de la sauce piquante et du miel. Ajouter de la sauce soya au goût pour saler et du jus de lime pour acidifier. Bien mélanger la protéine dans cette marinade et laisser reposer quelques minutes avant de la congeler. Lorsque vous voudrez déguster votre protéine marinée, faites-la cuire au four à découvert à environ 400 °F (200 °C) jusqu'à ce que l'extérieur soit bien grillé et l'intérieur bien cuit.

LES BOULE DE PÂTE

Pâte à pizza, pâte feuilletée, pâte phyllo, pâte à tarte… Si j'ai une réserve de pâtes, j'aurai assez à manger. Oui, je peux préparer de belles plaques à pizza ou une tarte salée (voir la page 74), mais j'aime dépasser les limites et jouer avec les présentations. J'utilise les pâtes à pizza pour faire des brioches salées à saveur de pizza. Je dépose les rouleaux garnis dans un plat Pyrex ou dans des moules à muffins. Avec les pâtes plus fines et délicates, j'aime faire des chaussons ou des triangles de style « spanakopitas ».

LES SURPLUS DE GRAINS CUITS OU DE PÂTES

Si on suit la logique de l'organisation du frigo, vous aurez toujours des légumes grillés sous la main et une protéine prête à décongeler. Mais n'oubliez pas que les grains cuits font de bonnes réserves. Ils se décongèleront rapidement pour les soirs pressés. Ils pourront également être ajoutés à une soupe ou utilisés pour épaissir un potage ou garnir une salade repas, ou transformés en galettes apéritives ou même en pouding pour le déjeuner. Congelez-les dans des moules à muffins pour obtenir des portions parfaites pour vos repas ; décongeler dans l'eau chaude pendant une minute.

Sur la photo : tartinade de purée de pois congelés et reste de saumon de la veille ; tartinade de maïs et garniture vide-frigo d'inspiration mexicaine.

DÉFI

VIDER LES SACS DE FRUITS ET DE LÉGUMES CONGELÉS

Accumulez-vous les sacs de fruits et de légumes congelés presque vides ? Que faites-vous avec les petits pois, les grains de maïs, les mélanges de macédoine et les edamames ? Et les fruits congelés ? Je vous mets au défi de trouver une recette créative pour les liquider ! Inventez un mélange d'assaisonnements inspiré du défi « porte de frigo ».

Voici deux options de tartinades pour vider les sacs et faire de la place dans le congélo.

TARTINADE SALÉE

Mon petit truc surprenant, c'est de transformer en purée ou beurre pour les tartinades (à l'exception de la macédoine) les fonds de sacs de légumes. Dans un mélangeur, verser 1 part de légumes pour ¼ de part de yogourt, crème sure, tofu soyeux, d'huile ou de beurre. Assaisonner de sel et de poivre et d'un peu d'épices et d'herbes. Bien mélanger pour obtenir une texture lisse. Vous vous délecterez d'une délicieuse tartine vide-congélo ou, pour une option plus gourmande, d'un pain au beurre aromatisé (la version améliorée du pain à l'ail !)

TARTINADE SUCRÉE

Quant aux fruits, vous pouvez évidemment les liquider dans des smoothies, mais avez-vous pensé à faire des tartinades aux fruits ? Dans un mélangeur, verser 1 part de fromage crémeux ou de tofu soyeux et 1 part de fruits. Sucrer au goût et bien mélanger jusqu'à consistance lisse. Vous apprécierez ce canevas sur vos rôties du matin, en guise de glaçage vide-congélo ou pour garnir un scone ou un muffin.

LE CAS DE LA MACÉDOINE…

La macédoine est un peu moins facile à réinventer. Pratique pour les soupes aux légumes ou les sauces à spaghetti, le plaisir de les manger s'use avec le temps… J'aime bien faire sauter ces petits cubes de légumes à la poêle et les transformer en salsa minute, en ajoutant un peu de tomates et d'autres légumes frais. Le contraste cru-grillé est fort intéressant en bouche. Assaisonnez-les d'épices et d'herbes fraîches ; vous redécouvrirez assurément la macédoine sous un tout autre angle.

Psst ! Ne jetez plus les sacs de congélation ! Conservez-les pour d'éventuels achats en vrac ou pour congeler les surplus de récoltes pour l'an prochain.

CANEVAS DE CARI

5 minutes | 20 minutes | 8 portions | jusqu'à 6 mois

INGRÉDIENTS

- 30 ml (2 c. à soupe) de corps gras
- 1 oignon, haché grossièrement
- 2 gousses d'ail, hachées finement
- 10 ml (2 c. à thé) de curcuma moulu
- 10 ml (2 c. à thé) de poudre de cari
- 1 conserve de 398 ml (14 oz) de lait de coco
- 125 ml (½ tasse) de bouillon maison (voir la page 143)
- 1 conserve de 156 ml (5 ½ oz) de pâte de tomates (facultatif)
- 15 ml (1 c. à soupe) de glaçon de purée de gingembre maison (voir la page 34)
- Zeste de lime et quartiers de lime pour la garniture
- Sel et poivre
- 15 ml (1 c. à soupe) de sucrant (facultatif)
- Herbes fraîches, hachées finement (facultatif)

PRÉPARATION

1. Dans une casserole, à feu moyen, dorer l'oignon, l'ail et les épices dans le corps gras jusqu'à ce qu'ils soient tendres.
2. Ajouter le lait de coco, le bouillon, la pâte de tomates (facultatif) et le gingembre. Fouetter pour bien mélanger. Laisser mijoter à feu moyen environ 10 minutes.
3. Rectifier les assaisonnements et ajouter un sucrant au besoin.
4. Laisser refroidir et portionner dans des contenants de 250 à 500 ml. Congeler.

RAFALE D'IDÉES

Décongeler la portion de sauce cari le matin en la déposant dans le frigo. Le soir, cuire les cubes de protéines (tofu, poulet, crevettes, pois chiches, etc.) dans une poêle. En parallèle, dans une autre casserole, à feu moyen, commencer à réchauffer la sauce. Verser les cubes de protéines cuites dans la sauce et bien mélanger. Ajouter des petits pois ou un peu de légumes congelés ou des légumes grillés (poivrons, légumes-racines…). Au moment de servir, garnir d'herbes fraîches et de zeste de lime. Miam !

Sur la photo : cari minute de surplus de poulet de la veille, avec morceaux de rhubarbe salée.

CANEVAS DE CHILI

10 minutes | 2 heures | 8 portions | 3 à 6 mois

INGRÉDIENTS

- 1 oignon moyen, haché finement
- 2 gousses d'ail, hachées finement
- 1 poivron, coupé en cubes
- Corps gras
- 500 ml (2 tasses) de protéine hachée (viande mi-maigre, PVT ou tofu)
- 250 ml (1 tasse) de légumes congelés (maïs, petits pois, edamames, macédoine)
- 30 ml (2 c. à soupe) d'épices à chili
- 30 ml (2 c. à soupe) de cumin
- Zeste de lime
- 1 conserve (796 ml) de tomates en dés ou de coulis de tomates
- 1 conserve (540 ml) de haricots du commerce, rincés et égouttés
- 30 ml (2 c. à soupe) de sucrant (facultatif)
- Sel et poivre du moulin
- Assaisonnements, au goût

PRÉPARATION

1. Dans une casserole, à feu moyen-vif, faire revenir les oignons, l'ail et les poivrons dans le corps gras environ 5 minutes.
2. Ajouter la protéine et faire dorer.
3. Ajouter les légumes congelés. Saupoudrer d'épices et de zeste et poursuivre la cuisson 2 minutes.
4. Ajouter les tomates et les haricots. Ajouter le sucrant pour rehausser le goût (facultatif).
5. Laisser mijoter 45 minutes. Rectifier les assaisonnements et servir.

RAFALE D'IDÉES

Osez le sirop d'érable, le miel, la mélasse ou le sirop de café pour sucrer la recette. Assaisonnez avec un reste de tasse de café, du ketchup, de la moutarde à l'ancienne ou des glaçons de vin rouge pour dynamiser les saveurs… et vider le congélateur ! Envie d'une jolie garniture ? Crème sûre, guacamole, salade de concombre vide-frigo, grains de maïs et herbes fraîches hachées feront des merveilles !

Accompagnez de tortillas (voir la page 110) séchés que vous aurez transformés en nachos maison. Il suffit de les couper, de les badigeonner d'huile et de les faire griller au four.

Sur la photo : haricots noirs, tofu nature, maïs, poivrons verts et coriandre fraîche.

CANEVAS DE BOULETTES

15 minutes | 20 minutes | 24 boulettes | jusqu'à 3 mois

INGRÉDIENTS

- Corps gras pour la cuisson
- 1 petit oignon, haché finement
- 125 ml (½ tasse) de chapelure
- 680 g (1,5 lb) de « saveur de base »
- 60 ml (¼ tasse) de liquide
- 15 ml (1 c. à soupe) d'épices, au goût
- Sel et poivre
- 1 œuf (facultatif)

PRÉPARATION

1. Placer la grille au centre du four. Préchauffer le four à 350 °F (180 °C).
2. Verser dans un grand bol l'oignon haché et la chapelure. Mélanger.
3. Ajouter la saveur de base, le liquide et les épices au mélange de chapelure. Bien mélanger. Saler et poivrer. Ajouter l'œuf seulement s'il manque de liant (généralement pour les mélanges de légumes râpés).
4. Façonner chaque boulette avec environ 15 ml (1 c. à soupe) du mélange. La petite cuillère à crème glacée est parfaite pour faire des boules uniformes. Réserver sur une assiette.
5. Cuire au four environ 20 minutes ou jusqu'à ce que les boulettes soient bien dorées.
6. Laisser tiédir avant de congeler.

RAFALE D'IDÉES

Légumes râpés, légumineuses ou protéines cuites hachées ? Toutes ces options constituent de bonnes « saveurs de base ». Pour les liquides, vous pouvez choisir du lait ou une boisson végétale, mais une salsa ou un pesto pourraient vous étonner !

DE RIEN !

J'ai essayé avec des légumes plus humides, comme le chou-fleur et la courgette, mais malheureusement, le résultat était trop friable… J'ai donc transformé la préparation en délicieux végé-pâté (voir la page 60) !

Sur la photo : carottes, garam masala et gingembre ; brocoli, haricots blancs et fleur d'ail ; saumon grillé et herbes flétries.

CONCLUSION

Alors voilà ! Vous savez tout !

La somme des trois livres – *1, 2, 3 vies – Recettes zéro gaspi* + *La consommation dont vous êtes le z'héros* + *Défis zéro gaspi* – résume parfaitement mes apprentissages et mes connaissances. Après dix ans à défendre la cause, j'ai l'impression que j'ai fait le tour du sujet. Je n'abandonnerai jamais le zéro gaspi, mais j'ai envie de me laisser inspirer par votre belle créativité. À votre tour maintenant de devenir les ambassadeurs de ce magnifique mode de vie. En appliquant mes nombreux trucs, un petit peu tous les jours, vous changerez complètement votre façon de cuisiner et contribuerez grandement à la lutte contre le gaspillage alimentaire. Je vous prédis des heures de plaisir à évaluer le potentiel de votre cuisine, à la réorganiser et à inventer de nouvelles recettes. Ne sous-estimez jamais à quel point les canevas de recettes peuvent vous amener à vous dépasser.

Je l'ai déjà dit, mais je le répète, j'ai fondé mon entreprise, Chic Frigo Sans Fric, à l'époque où le terme « zéro gaspillage » n'existait pas. J'avais un objectif précis, celui de moderniser les pratiques d'économie familiale de nos ancêtres « pour réduire les pertes ». C'est d'ailleurs pour cette raison que je vous annonce que je consacrerai la prochaine décennie à la phase 2 de ma quête : l'autonomie-alimentaire-zéro-gaspi. Encore une fois, je m'apprête à débroussailler le chemin. L'union de ces deux modes de vie n'existe pas encore tout à fait, mais je compte la faire rayonner.

Cette réflexion est née pendant la pandémie. La crise de la COVID-19 m'a fait réaliser que j'ai consacré des milliers d'heures à défendre une cause en négligeant complètement ma vie personnelle. J'ai envie de rééquilibrer le tout et de sécuriser mon milieu de vie. J'ai aussi envie de me poser. Je continuerai à parcourir le Québec pour animer des conférences et aller à votre rencontre, mais je souhaiterais vous accueillir chez moi, dans un lieu calme, régénérateur et abondant.

J'ai accès à un magnifique terrain familial au sommet de la montagne à Saint-Joseph-du-Lac, dans les Basses-Laurentides. Mes parents ont acheté « Le Domaine de la paix » quand j'avais un an. Dernièrement, ma mère a accepté de me vendre le terrain pour que je l'exploite et le transforme en laboratoire nourricier. Nous en ferons également un terrain bigénérationnel. Mon rêve de la prochaine décennie est de transformer cet espace en « école de la forêt », inspirée par le modèle scandinave. Vais-je le transformer en garderie nature, en salon de thé en plein air ou en camp de vacances pour adultes ? Seul l'avenir me le dira. Pour l'instant, j'ai envie d'explorer l'autonomie alimentaire sous un angle encore très peu exploité : en y ajoutant ma touche zéro gaspi. J'ai tout à apprendre. Je lis des livres de jardinage, j'écoute des webinaires, j'assiste à des conférences de jardiniers maraîchers, d'écodesigners et de grands penseurs écologiques. Je suis passionnément des blogues qui expliquent les concepts de l'éducation en nature. Je visite annuellement les pays scandinaves (sauf en période de pandémie) à la recherche de bonnes idées à appliquer au Québec… Je m'imprègne de savoir en essayant d'adapter ces pratiques à mon nouveau projet.

Donc, c'est ici que la phase 1 de mon aventure zéro gaspi se termine. Après dix ans à explorer les différentes possibilités dans la cuisine, je sors dehors pour découvrir tout ce que la nature a à m'apprendre. J'ai envie de jouer dans la terre et de développer des recettes pour éviter de gaspiller les récoltes du potager.

Merci de m'avoir suivie durant toutes ces années. Chic Frigo Sans Fric aura été bien plus qu'une entreprise, ç'aura été mon école ! J'y ai tout appris, sur moi en particulier.

Au plaisir de vous lire sur mes réseaux sociaux. Continuez à me faire connaître vos belles découvertes, vos idées audacieuses et vos bonnes recettes. C'est un de mes plaisirs quotidiens de vous savoir engagé pour la lutte contre le gaspillage alimentaire.

J'ai hâte de cuisiner avec et pour vous ! J'espère vous savoir près de moi pour la suite de l'aventure.

Florence-Léa

REMERCIEMENTS

MERCI…

AUX ÉDITIONS DE L'HOMME

Merci à Isabel et à Roxane, pour votre enthousiasme envers ce projet. Celui-ci s'est fait dans la joie et la bonne humeur. Je me suis sentie soutenue et encadrée. Merci de m'avoir attitré Catherine comme éditrice. Quelle découverte ! Catherine, ta douceur et ta « zénitude » m'ont fait un bien énorme. Ce livre s'est écrit tout seul, et ce fut un plaisir d'y travailler avec toi… Et de rouler des tortillas ! Merci à François pour la maquette, les illustrations et la vue d'ensemble. Je suis fière du résultat !

Une petite pensée pour toi, Émilie.

À L'ÉQUIPE DE CRÉATION

Ariel et Josiane, les deux super photographes du livre. Malgré une charge de travail énorme, vous avez su capter les meilleures images. Je suis fière de votre travail et j'espère que les lecteurs auront l'eau à la bouche.

Sylvain, c'était un réel plaisir de faire ta connaissance. Ton expérience et ton goût pour les beaux objets sont un plus pour le visuel du livre.

À ÉDITH

Pour la rédaction des passages qui me causaient plus de questionnements. Tu as su t'adapter au ton du livre et démystifier les sujets « lourds » avec tant de simplicité. Bel ajout au livre. J'espère qu'on travaillera ensemble encore longtemps.

À MON ÉQUIPE

Élodie, ma super adjointe, qui suit la poque en titi ! Wow, tu as assuré. Tu as coordonné mon horaire pour me laisser le temps d'écrire entre les dizaines de conférences, mais tu as tout autant excellé en cuisine lors de la prise de photos. Sans oublier Kaciane et Myriam, qui sont toujours là pour soulager ma charge mentale. Vous êtes précieuses pour moi !

À MARCHÉ SECONDLIFE
Merci à Thibaut et à Andrea pour la générosité de leurs dons. C'était un réel plaisir de créer des recettes à base des beaux aliments que vous avez sauvés du gaspillage. Ça m'a permis de sortir de ma zone de confort et de tester les canevas avec plus d'audace.

À MES VOISINS
Merci d'avoir accepté tous ces surplus de nourriture lorsque je testais des recettes ou que je revenais avec dix glacières, le soir, après les journées de séances photo. J'avais tellement peur de gaspiller ! Je sais, j'ai été un peu insistante des fois, mais vous êtes venus à la rescousse avec le sourire ! Heureuse d'avoir reçu vos commentaires pour peaufiner les recettes.

À GUILLAUME CANTIN
Cher collègue, quel plaisir de collaborer avec toi ! Jamais je n'aurais pensé que réfléchir au zéro gaspi serait si agréable. On a passé tant d'heures à refaire le monde pour cette cause plus grande que nous. Merci de partager avec moi tes façons de faire et de croire en mes projets de fou ! Et merci pour tous les fous rires, pour vrai, on a eu du fun en titi !

À MES PRÉCIEUX COLLÈGUES
Catherine, Caroline et Bernard, mes confidents du quotidien. Nos conversations sont un vrai « safe space », on peut discuter de tout. Vous êtes généreux de vos réflexions sur l'alimentation durable et grâce à vous, mon rapport à la nourriture a tant évolué. Vous êtes des *geeks* de l'alimentation et je me sens privilégiée d'être témoin de toutes vos discussions. Longue vie à notre amitié !

À MA FAMILLE
Merci à mon défunt papa, qui m'a initiée à la cantine des plateaux de tournage. Il était loin de se douter combien ça changerait ma vie ! Merci à mon frère, qui m'envoie quotidiennement des inspirations de recettes et à ma mère qui m'enseigne les plaisirs de l'autarcie. Merci aussi à ma sœur, qui est toujours là pour m'encourager avec fierté.

À LA COMMUNAUTÉ ZÉRO GASPI
À vous, chers lecteurs et abonnés de mes réseaux sociaux. C'est votre enthousiasme et votre motivation à mieux consommer et à mieux cuisiner qui m'ont poussée à écrire ce cinquième livre. Vous êtes curieux, passionnés et vous m'encouragez à pousser plus loin la démarche. C'est précieux ! Merci encore d'avoir lu ce livre et au plaisir de correspondre avec vous sur mes réseaux sociaux.

DE LA MÊME AUTRICE

Moi j'mange !, Éditions de l'Homme (2021)
La planète dont tu es le super z'héros écolo, Petit Homme (2020)
La consommation dont vous êtes le z'héros, Éditions de l'Homme (2018)
1, 2, 3 vies – Recettes zéro gaspi, Éditions Glénat (2018)
L'art de cuisiner sans gaspiller ni se ruiner, Éditions Caractère (2015)

RETROUVEZ L'AUTRICE

@florenceleasiry

Florence-Léa anime des conférences sur le zéro gaspi et la consommation. Elle aime aller à la rencontre des adultes et des enfants pour leur parler d'environnement. Pour plus de détails sur ses différentes conférences, contactez-la par courriel à l'adresse suivante : **info@chicfrigosansfric.com**.

Elle a aussi créé une formation en ligne pour vous accompagner à adopter le mode de vie zéro gaspi au quotidien. Rendez-vous sur le site **florenceleasiry.didacte.com** pour plus de détails.

Rendez-vous sur la boutique en ligne **flonette.com** pour vous procurer le cake vaisselle Flonette, la poudre magique et les différents accessoires zéro gaspi créés par Florence-Léa.

Pour plus de recettes de saison, visitez le blogue **www.chicfrigosansfric.com.**

Flonette

CHIC FRIGO SANS FRIC

Suivez-nous sur le Web
et les réseaux sociaux !

EDITIONS-HOMME.COM
EDITIONS-JOUR.COM
EDITIONS-PETITHOMME.COM
EDITIONS-LAGRIFFE.COM
RECTOVERSO-EDITEUR.COM
QUEBEC-LIVRES.COM
EDITIONS-LASEMAINE.COM

Imprimé chez Marquis Imprimeur inc. sur du Rolland Enviro.
Ce papier contient 100% de fibres postconsommation,
est fabriqué avec un procédé sans chlore
et à partir d'énergie biogaz.